D0730604

COLLECTION FOLIO

François Bon

L'enterrement

Gallimard

François Bon est né en Vendée en 1953. Il commence des études d'ingénieur en mécanique, puis se spécialise dans la soudure par faisceau d'électrons et travaille quatre ans dans l'industrie aérospatiale en France et à l'étranger (Russie, Hongrie, Inde et Suède).

Il publie son premier livre, *Sortie d'usine*, en 1982. Il vit désormais à Tours et anime régulièrement des ateliers d'écriture.

J'habite pour toujours un bâtiment qui va crouler,
un bâtiment travaillé par une maladie secrète.

I

La rue longue, le vent lui-même ne s'y sent pas à l'aise.

Les fils du téléphone, quarante au moins tellement ils ont de choses à se dire, tout du long, sur leurs poteaux comme des chandeliers. Un nuage d'oiseaux s'y abat d'un coup, centaines de petites boules noires sur le ciel argent gris de décembre, un temps le recouvrant d'un vacarme de cris. Quand ils cessent, encore le vent, on dirait qu'il hurle. Au pâtis des bâille-bec c'est l'expression par ici pour où ce matin on va, jour d'enterrement à Champ-Saint-Père, tout le village fait cortège.

La force violente du vent, sur si grand de pays étalé, le pays plat, et reste plat sous les maisons basses, de grandes cours les isolent, avec des granges, hauts monstres de tôle à se regarder de loin, en côté. On marche, trop lentement, chaque pas presque à buter sur celui de devant. Des venelles, chemins de terre à angles droits, qui s'éloignent entre des murs de pierres sèches, souterrains à ciel ouvert sous le filet tendu des lignes électriques. Juste un hameau, dit Bourg-d'en-haut, et des gens attendent sur le bord, le vent gonfle les gabardines, les têtes dessus immobiles un caillou — rien que les chaussures pour se retenir au sol c'est pas possible, ils vont s'envoler.

Là-bas la charrette à bras s'est encore arrêtée, la colonne se recomprime à mesure jusqu'aux épaules de qui vous précède, on s'arrête brutalement. Les porteurs changent avec ceux qui tenaient les cordons, et ça s'ébranle à nouveau, tandis que le frisson du départ remonte lentement les dos. Les parents viennent devant, après eux un vide, et le cortège pris par le fouet ondulant des rafales s'effiloche jusqu'ici. Derrière le linceul un essaim gris qui s'allonge, étend son deuil comme sur le pays d'eau l'ombre d'une seule main. Trois fils de fer détendus autour d'une terre nue, c'est ce qui reste en hiver des jardins, où veillent seulement les grosses têtes sérieuses de choux montés raides, balais pleins de verrues plantés par le manche. On marche sur cette route de vieux bitume au milieu bombé, avec ses nids-de-poule, planche étroite posée sur les champs. Larges échappées, plus rien sur l'horizon qui s'arrondit autour, ciel brouillé, horizon noir. Juste en grisé, au fond émergeant droit des champs, le clocher un trait simple dans le réseau indifférent des fossés jusque tout au bout la petite élévation de la digue contre la mer en surplomb : l'eau imbibe tout, cette eau remplie de ciel des marais, parce que c'est le matin on dirait qu'elle fume.

Le père se tenait au portail, en avant, sur la rue. Tête nue, un peu penchée de côté et se retournait souvent, pour vérifier si ça suivait bien, derrière, la cour vide, ou s'inquiéter de quelque chose, qui n'aurait pas été à sa place. Je ne me suis pas présenté : je venais, c'est tout. Pourtant, à faire traîner comme ça le « monsieur… », c'est mon nom qu'il attendait. Les mots qui auraient tout facilité ne sont pas venus, on s'est serré la main. Mais ferme, en appuyant vraiment. Quand même, comme il ne me relâchait pas les doigts, tenus sans pression mais collés à sa paume sans que j'ose les enlever : « Un ami d'Alain », j'ai dit. Ça suffisait, c'était le mot de passe.

Je me suis retourné, il s'était retourné lui aussi, au coin gauche du portail et on était maintenant à cinq pas, une silhouette et demie d'homme entre nous. Son chapeau à la main parce qu'il ne savait pas quoi en faire, et ce tressaillement nerveux, toujours le même, qui lui étirait encore une fois la joue rasée de trop près. «C'est par là», il me lança comme si j'avais pu aller ailleurs.

Enfilade vide de la cour, au fond le hangar où le chien traînait la grande boucle d'une chaîne de fer, à côté du fourgon surélevé de la menuiserie. Le chien noir, on se connaissait : il s'est dressé droit, la queue à racler par terre. Et d'aboyer ainsi, tirant sa chaîne à s'en étrangler, finit comme quand ils hurlent à la lune. Chien bête à chagrin : il était donc arrivé ici, le chien d'Alain.

On entrait par la cuisine. Une pénombre, parce que le double néon du plafond n'était pas allumé et que la pièce ne prenait jour que par sa porte, vitrée sur le dessus. Buée sur les verres de lunettes, et le contraste de distances, la mère surgit devant moi avant que j'aie eu le temps d'accommoder c'était pour s'embrasser, en changeant de joue on sentait les larmes. Les autres restaient en arrière, contre le mur, laissant libre le centre obscur de la pièce sur son carrelage jaune. La mère m'avait bien remis, les fréquentations de son fils elle a son tableau à jour. J'avais ses mains aux épaules encore et sa tête penchée et détournée je ne voyais que les cheveux, puis elle me tenait le coude et s'était mise à côté, on avançait vers ces gens sur le bord, aux yeux grossis, à fleur de tête, s'approchant pour vous dévisager et suppléant au peu d'agitation forcée des corps. Les oreilles comme retenues au mur par un élastique (c'était de sortir du coiffeur qui donnait l'impression), ils tendaient brusquement la main, confusion de paumes et de doigts, molles à pendre ou plantées sur un bâton dont on condescendait à ce que vous l'effleuriez mais toujours, dans la vérité de ces premiers élans dont on est si rarement le maître, tout le canton retrouvé à ce besoin de jauger entier et d'avance celui qu'on salue, son cœur et sa vie. On fit le tour. La mère parlait à voix basse et contrainte, je ne cherchais pas à retenir les cousinages qu'elle enfichait. Obscène enseigne que sont ces surnoms diminutifs hors du cercle où ils ont pris évidence («comme de la famille...» me disait-elle à ce moment de cette dame aux yeux pleureux et gros menton) : «Alain a dû vous en parler souvent», requérant que j'acquiesce mais

15

non, avec Alain nous parlions d'autre chose, ne me restait de la dame, parmi la suite disjointe de diapositives mal classées des choses qu'on a considérées de peu d'importance, qu'une robe empesée qui semblait se mouvoir en avant d'elle et la tirer, une même manière figée de la coiffure brillante, bougeant d'un bloc à mesure de la cérémonie : « Mais vous pouvez l'appeler… » Non, je buterais sur le surnom. La dame triturait dans ses deux mains un tout petit mouchoir : « Il m'appelait marraine », dit-elle à toute allure comme si tout ça était déjà prêt en bloc à sortir. La mère m'emmenait. Dans la cuisine rectangulaire et toute en longueur, l'assemblée de masques à becs d'oiseau, que le semi-jour dans la pièce en longueur laissait imaginer tenus à hauteur d'homme et remuant en saccades non réglées, la peau jaunie et tendue éclairée d'en dessous par ce qu'ils pouvaient accrocher de reflet, ainsi suspendus au-dessus du carrelage. « Sympathie », quelqu'un dit, étirant de façon dissymétrique un mouvement de lèvres qui n'osait pas sourire.

On marche, mais le cortège rampe, le train des gens derrière la plus singulière machine ou simplement effrayante dans le grand air illuminé par la mer proche, et la vive lumière de la côte : géant et rigide assemblage de fers jaunes et de poutres (on passait devant l'entreprise de travaux publics). Le soleil ne vient pas, juste un rond blanc impuissant à trouer le ciel en toile peinte. Les maisons gardent leurs distances, lotissements répandus chacun vcille à sa frontière, les rideaux mis comme un alignement de la variété possible des motifs offerts par les établissements Pottier (le célèbre magasin de L'Aiguillon où le tissu se débite au poids — sous les grands rouleaux et les échantillons pendus des voilages — drainant une clientèle qui n'aurait peut-être jamais sinon vu la mer de l'année). En face rien qu'un pré, des flaques, un grand cheval à la retraite pieds dans l'eau, qui tourne le dos à la compagnie, une pancarte chasse gardée clouée de travers jusque-là, devant. Puis la ferme, entassements assombris de foin en rouleaux ici on dit sous l'hangar avec liaison, attirails rouillés, hersc de métal comme la ruine déchiquetée d'une entreprise agressive, et la remorque verseuse flambant neuve arrêtée près de la bobine d'arrosage. L'étendue des marais veut ces tracteurs à moyeux arrière doubles, une musique de variétés marchait

17

seule dans la cabine sous le gyrophare qui continuait sa ronde orange : ceux-là vivent sur leur sol comme en domaine imprenable et réservé, il ne serait pas venu, le temps que passe l'enterrement, éteindre son diesel et sa radio, que le vent emportait vite très loin dans les champs. Une bicoque murée au toit défoncé, derrière le grillage des dindons malades, la peau rose visible par plaques et l'étroit cou dénudé, ce n'est pas le bourg encore mais on approche. Rue Longue sur une plaque, avec la majuscule : un docteur qui s'appelait comme ça, maire vers 1925 et conseiller général, tout ça précisé. Une seule rue pour tout le village, le vent n'avait pas à se tromper pour nous attraper (misère de ces bribes qui vous viennent dans la tête et qu'on rebute, devait être tout fier Alain de remorquer une armée pareille, je me disais et rebutais, la charrette trente mètres devant et ça continuait loin derrière, autant de monde jamais je n'aurais cru peut-être lui non plus, dans sa grosse boîte qui nous emmène, je me disais aussi et rebutais encore).

Appuyée encore et plus ostensiblement maintenant puisque sous les tissus je sentais son bras, elle m'avait enfin amené au fond de la cuisine plus loin que les gens, le besoin d'un particulier : la bonne dame dans les événements ne perdait pas son cap, tirait bien son près aurait dit Alain qui ne se dépossédait pas de ce vocabulaire transplanté : « Ça donne de l'air aux petites affaires de la terre », plaisantait-il. Si vous n'aviez pas eu trop de mal à retrouver le Bourg-d'en-haut, avait commencé la mère, c'était seulement pour arriver à mieux et je l'ai pris ainsi. Dans son haleine projetée les pleurs avaient laissé un fond âcre et pas agréable, imprégné d'une de ces poudres en boîte ronde, tout son visage se poussant vers l'avant pour changer soudain de registre : « Surtout ne pas répondre aux questions », elle dit en me serrant le coude un peu plus. Quelles questions je ne savais pas. « Vous comprenez. » Elle me croyait buté quand simplement non, je ne comprenais pas, et me serais plutôt débarrassé au plus vite de cette proximité où je sentais même la pression de sa jambe, serrés que nous étions dans cet angle. « Surtout ne pas répondre, elle reprit, seul le curé savait paraît-il, encore n'était-on pas entré dans le détail : sinon personne dans le village au courant vous pensez. » Je ne pensais pas encore. « C'est qu'on ne peut pas empêcher les bruits de courir, ni leur manie de croire qu'il n'y a pas de fumée sans feu», elle continua (comme si c'était en opposition à la manière angoissée de sa mère, mais la redessinant tout aussi bien, de bousculer et presser ainsi les mots qu'Alain s'était, lui, doté de cette supériorité que j'avais toujours enviée : ne jamais rien dire qu'obligé, et sous-tendre de trop de silence le moindre dialogue auquel il ne semblait jamais que s'ennuyer comme d'une obligation ingrate : «Mon fils est un muet», m'avait dit la mère à notre précédente rencontre quand Alain m'avait amené ici pour ce mariage). «Surtout ne pas se laisser tirer les vers du nez, c'est qu'ils sont *madres* par ici», dit encore la mère, comme si elle-même n'en était pas, de par ici (si près nous étions qu'elle fixait un point qui n'était pas la surface du visage mais, en arrière, où se rejoignait la vision séparée de chacun des yeux et où le cerveau semblait-il n'était plus qu'un objet de poids et d'eau : j'essayais de m'en défendre et nous étions à égalité, comme d'un palpable bras de fer. «Ce qu'on apprend aussi à l'horizon de mer, disait Alain, quand il faut lire malgré tout ce qui paraît un infini vide»). «Faites-le pour Alain», elle termina. Belle invocation, et si

20

légitime. En penchant la tête un peu de côté ça pouvait passer pour une approbation : me taire, on ne m'en demandait pas plus, ça me convenait même sans qu'elle s'en mêle. Deux personnes âgées entraient, elle a vite retraversé le carrelage et avant la porte avait déjà recommencé de pleurer.

Le vent qui prend le cortège en écharpe continue d'y souffler l'engrènement de mots qui le concernent lui, le vent, plutôt que ce mort qu'en avant de nous on porte : si terriblement froid («Bigrement», dit une voix d'homme derrière moi, et l'adverbe contenait en lui-même l'idée de piquer : «Ah Maurice tu vas», avaient commencé les deux voix : «Ce vent. Bigrement»). Vent desséchant qui laisse regretter la violence pourtant bien autre du grand vent d'ouest tout chargé de mer ici plus coutumier, celui-ci souffle du nord : «Pour venir ça traverse la terre et emporte les cochonneries», continuaient-ils comme si seulement cela, cette conversation de boulangerie, était la raison de leur présence : «Faudrait pas que ça dure des trop.» Un vent en tout cas à s'appuyer dessus, qui isole chacun à des kilomètres de son voisin pourtant coude à coude. Derrière, trois fils à linge, des hardes qui claquent à l'horizontale sur les poteaux en déglingue, la lessive c'est toujours le samedi. La cour bitumée et de telles lamentations qu'on nous les croirait destinées, le préau de l'école a les ronflements brusques d'une harpe de ciment, de l'autre côté de la cour avec son carré de platanes gluants, noueux et lisses pour l'hiver, les classes parce que c'est Noël ont à leurs vitres des décorations de papier découpé et de la fausse neige au blanc d'Espagne, avec des paillettes.

Chaque septembre, Alain qu'on suivait avait passé par une des portes successives des divisions, et revenait de très loin cette *grande ombre inquiète et amie* tandis que le cortège longeait le mur, et cette cour qui ne dissimulait rien. Sous son toit d'une seule pente, avec ses trois bancs de bois vissés au fond, le mot même de préau c'était sur la paume le contact des piliers ronds de ciment graissés de tant d'usure, un ton spécial et des cris. La mémoire tombe on dirait d'une sphère obscure dans le crâne mais liée à cette évidence soudaine, si humblement terne qu'elle soit, d'une image qui paraît fixe (cette cour d'école publique), où des pans entiers d'arrangements de mots seraient disponibles peut-être, si on avait la clé. Qu'on ouvre au hasard n'importe lequel des livres d'enfance, il est un paysage autrefois traversé, maintenant comme une gare aperçue du train qui ne s'y arrête pas, dans une ville où on a habité des mois, dont on sait la continuité jusqu'à ce quai qui défile, la disposition des cafés de l'autre côté de la place et la place ronde au bout des trottoirs. La soudaine densité du sentiment d'existence que cette brève vision de ce qui existe et dure hors de la pratique que vous en aviez. Un livre d'enfance hypnotise, réouvert, de cette mémoire d'un coup surplombée dont on ne se savait pas disposer. On ne saurait pas reconstituer l'histoire et voilà qu'on reconnaît chaque page. Les années qu'il faut pour arrêter le flux entrant du monde et lui tourner le dos, partir vers une autre conquête. Ce préau qu'on longeait, ce qui s'y accrochait d'une suite massive d'heures, était ce livre réouvert dans le plus précis éblouissement des sens (jours de pluie où toutes les classes s'y serraient pour la récréation, et le bruit plus tendu de la gouttière à son bord). Ensemble de détails dans la vision mis à plat et d'une énorme poussée déplacés, dont l'équivalent physique serait perceptible : sensation d'être très lourd, aussi

inamovible que dans ces rêves où on est para-
lysé. Et tant sont familiers les éléments transportés qu'on est surpris, les reconsidérant,
de la grandeur et l'élan qu'ils confèrent à ces
images toutes simples, mais écrites définitive-
ment dans le crâne, et que le préau rassem-
blait. On voudrait plutôt se débarrasser de
ces quantités amassées de mémoire qu'on
ressasse, flottaisons noires qu'une angoisse
nue trop souvent recouvre. Suivre ainsi, aux
lumières fades du plein jour, cette simple
charrette noire sur ses deux roues grinçantes
et au pas d'enfant c'était insupportable au
regard seulement de la mémoire et de la
fabuleuse importance de ce préau. Le nom
de *Mirambeau*, qui me venait, ne se rapportait
pas au village ni au cortège mais au temps
lourd des dimanches à repas, et pendant
l'ennui des discussions d'adultes errer dans
une maison inhabituelle, côte à côte dans les
grands murs les circuits séparés d'un cousin
pharmacien et sa femme dentiste, les étages
de boîtes derrière le grand comptoir qui
n'était plus un obstacle puis, passé la porte
presque secrète, par un couloir artificiel et
noir, une cloison de simple contreplaqué
qu'un papier peint rendait invisible côté des
pièces publiques ainsi dotées d'un double

fond, l'odeur qui persistait du cabinet vide aux appareils éteints, la salle d'attente volets clos, ses chaises alignées, la table aux magazines et ce sentiment d'un clandestin privilège. Dans la partie privée de la maison une bizarre apparence de négligé, comme si eux-mêmes, pris à leurs officines, n'y étaient pas revenus depuis le dimanche de l'an précédent : et moi, ce jour de l'enterrement, depuis combien de temps n'étais-je pas en souvenir revenu à Mirambeau ? Avant filles d'un côté garçons de l'autre, maintenant mixte mais l'inscription est restée, et il y a toujours presque autant de divisions que d'élèves. Un élève de moins on ferme, il en faut dix de plus pour réouvrir, c'est le principe de simplification en campagne. Le logement de l'école ne sert plus qu'à fins sociales, les instituteurs vivent à la ville et préfèrent y retourner le soir (la route inverse de ceux de l'usine Michelin, et de La Roche-sur-Yon à ici un même carrousel de voitures diesel). Lotissements-dortoirs, dans des rues aménagées trop vite et qui s'étendent sur les champs qu'on aperçoit, petits cubes de parpaings déjà gonflés de vérandas toutes faites, d'abris à bois, avec ces routes comme dessinées au pinceau gris dans l'herbe. Je suis repassé ces jours-ci à Champ-Saint-Père, l'école avait disparu : c'est la Poste qui s'était installée dans les trois classes, sous un bandeau de plastique jaune qui faisait toute la longueur, et le mur de la cour démoli pour que les voitures se garent. Les platanes à grosses boules au bout des moignons de branches avaient tenu, signaient avec les hautes vitres alignées à l'encadrement vert la mémoire ancienne du bâtiment.

En formica laqué de blanc, le buffet si moderne bouchait tout le fond de la cuisine, l'examiner donnait contenance. Quatre portes symétriques alignées en haut comme en bas, un peu plus profondes à la base avec sous le rebord trois tiroirs plats, thermomètre sur bois verni incrusté en vis-à-vis d'un baromètre à aiguille, de part et d'autre du ventre à découvert de deux étagères, paysage avec lac Souvenir de, babioles de cuivre et bouquet de fleurs sèches dans un pot de grès, le calendrier offert par le marchand de fuel domestique, son nom en bas au-dessus de l'adresse en gros : Saint-Michel-en-L'Herm. Et des papiers qu'on n'avait pas pris le temps de trier, juste empilés près du compotier vide-poches avec quelques pièces de monnaie et un coupe-ongles, une vieille montre à bracelet sans boucle d'attache, ce qu'on avait ramassé hier et avant-hier dans la boîte aux lettres d'enveloppes pas ouvertes, l'*Éclair matin* plié dans sa bande et une pile bordée de noir au coin, les faire-part en trop.

Quand elle se retourna, coiffée par un nuage de vapeur, je reconnus la sœur, elle me proposait le café : il était chaud, tout prêt, disait-elle. D'ailleurs on le sentait dès qu'on entrait (la micheline prise à Nantes après le train de Paris ne continuait pas vers Luçon mais bifurquait vers Les Sables-d'Olonne, à La Roche-sur-Yon j'avais dû attendre une heure la correspondance. Une radio à publicité tâchait de remplir la salle trop grande du buffet, je me souvenais d'une phrase qui s'était soudain déroulée depuis le petit haut-parleur cylindrique pendu au plafond dans l'angle : « et le matin l'odeur merveilleuse du café », seulement bizarre d'être soudée monobloc et lâchée comme ça, élidant la féminine de merveilleuse pour tomber juste aux douze pieds puisque c'était extrait d'une « anthologie sur le bonheur » offerte aux cinquante premiers qui téléphoneraient à « Yon F. M. », ils avaient bien dit cinquante). J'ai dit à la sœur que non, merci, et juste alors je compris qu'elle était enceinte et au bout, cambrée sous la robe et imposante. Au mariage il y a cinq mois, bien sûr ça ne se voyait pas. La sœur aussi m'avait tout de suite remis : «Et c'est bien vous, qu'Alain avait amené à mon mariage», ça suffisait pour l'amabilité.

Des mains tavelées aux boules dures sur les articulations des doigts et la tasse verte pas plus grosse que l'ongle déformé du pouce, comme il buvait on ne voyait que la casquette, il se renversait en arrière avec un bruit de percolateur. Le café qu'il avait été le seul à accepter sans doute versé brûlant et avec une consistance de sirop, puis une main dans la moustache et soupir, acceptant ensuite le petit marc : «Je dis pas non, ma fille, une chiotte goutte» (mais préférant l'eau-de-vie nature, précisa-t-il puisqu'on lui donnait le choix, comme sous-entendre que les circonstances décidaient de la nuance, laissant quand même tourner le marc au fond de la tasse pour le goût). Et regardant le monde au-dessus de sa tête : «Parce qu'il fait point chaud», il répéta, hachant les syllabes échappées une à une comme d'aspirations brusques : son bec-de-lièvre séparait d'un trait imberbe et rosé les deux touffes de moustache un peu jaunies où elles avaient fait trempette, et lui soudait au nez la lèvre retroussée pour l'éternité. Et je devinai plutôt ce qu'il ajouta dans cette vieille langue boulée du marais où, s'adressant à la sœur, disparaissait presque son infirmité : «Y avons petassé pis benassé tôt' la matinâ», la gnaule lampée avant la fin de la phrase comme quelque chose de solide qu'on se lancerait d'un coup dans l'estomac. Cousin par alliance de sa mère, Alain m'avait exposé de son caractère à ce mariage, où bien sûr le bec-de-lièvre était déjà de service, veuf de longtemps d'une «créature» on disait dans le pays : «une qui courait, qui faisait la vie». Et son veuvage même, parmi ses proches, n'était pas éclairci : veuf un mot de commodité, et la fille partie (le Canada il y a longtemps que ça sert à ça, et pourquoi on y trouve tant de gens d'ouest, après tout c'est juste en face) avec un autre de la famille et bien plus jeune. Le nouveau cousin par alliance resté donc une sorte de remplaçant obligé, solidarité de compagnonnage que son infirmité rendait peut-être obligatoire encore plus. De son nom Bossut, ils insistaient sur la terminaison, qu'on prononçait : Bossuthe, la déformation même censée ramasser quelque chose de son histoire et de son abandon.

Quand elle s'était retournée, j'avais été frappé à nouveau de comment Alain et sa sœur, malgré leurs dénégations autrefois amusées (ou bien pour s'accrocher, ce matin-là, à tout ce qui tenait encore de lui et permettait d'évacuer ce qu'on faisait dans cette cuisine), malgré aussi l'éloignement que des vies ou des ambitions différentes impriment sur un visage, lui et elle s'étaient bâtis sur une pareille ossature de pommettes et d'arcades héritée de l'empreinte celte, mais doublée d'une manie fuyante des yeux, manière semblable d'expression prise tout droit de la mère et qui venait au même moment les traverser lui et elle brusquement, par une grimace convulsive ébauchée, aussitôt ravalée par une moue, ces variations discrètes qui pourtant permettent de reconnaître facilement, dans un train, une famille voyageant ensemble. La voix aussi traînait d'une façon commune, où l'accentuation de pays contaminait la syntaxe ordinaire, à peine mieux gommée chez le frère (à moins d'une très légère affectation justement à la préserver) dans les frottements de la ville, posée aux mêmes endroits de locutions qu'eux seuls ne s'apercevaient pas leur être propres, enfin eux deux garçon et fille comme deux habits de chair sur une armature héritée, trame pareillement modelée dont chacun s'était éloigné mais dos à dos et qui, chiffonnée dessous, resurgissait pour les autres avec force dès lors qu'ils se laissaient voir ensemble, eux deux qui ne se voyaient plus qu'aux occasions obligées et ne se parlaient plus guère. Alain disait d'elle *la frangine* sans jamais utiliser de prénom, comme il disait *la mater* pour respecter ce rôle (par-dessus peut-être ce qu'elle pensait d'elle-même) conféré à la mère qui, elle, disait *ma fille* pour la sœur même en sa présence, et pour lui, Alain, *cette tête de mule* ou *mauvaise graine*, n'importe quoi mais pas son nom pour entamer ce couplet qu'il y a cinq mois elle m'avait aussi fait subir : qu'Alain cesse enfin ce qu'elle considérait comme une provocation gratuite, « risque inutile et qui ne rapporte rien à personne », à peine une preuve d'indépendance à elle destinée et qui aurait dû finir avec ses dix-huit ans et la ville. Alain ramenait seul, pour une agence spécialisée des Sables-d'Olonne, de gros bateaux laissés par des vacanciers aux Antilles, en Égypte ou plus loin. Sous son habituel laconisme (parole conduite, lente à naître et prompte à cesser : qu'on apprendrait aussi de la fréquentation de mer ?) des

31

semaines entières sans aide possible et sur la seule convention d'un mot : convoyage, ce qu'ainsi il commentait de ces longs engins au comportement de fauve sur les routes maritimes : comme on jetterait un joug sur la nuque de la mer, dont le reste rebelle pourrait à chaque instant se retourner pour vous écraser d'un doigt. Et quelque lundi soir, dans le logement que nous partagions, après qu'encore une fois un coup de téléphone l'avait expédié de l'autre côté de la mer, le récit très bref par quoi il croyait tout ramasser de son voyage (ce que prenait de singulier porte-à-faux, tandis que nous attendions dans cette cuisine, devant le buffet de formica blanc, son orgueil à ces jours de solitude sur la mer vide et son arrondi paraît-il si étrange : « ceux qui pensent que la terre est ronde, plutôt qu'aplatie comme une vieille patate, et la conscience qu'on prend de ce qu'elle est d'abord une grande soupière d'eau de mer, nous les émergés à peine une singularité de reptiles », son insistance et sa fierté à « éviter la casse, même si on est secoué », apprendre certaines nuits disait-il, de chaque vague une à une surmontée un peu plus d'une humilité nouvelle).

Maintenant dans la pièce pas loin de vingt

personnes à attendre, à chaque arrivant on se tassait un peu plus, contre le buffet on avait les épaules à touche-touche, et des cheveux sous le nez. La buée ruisselait sur la laque jaune des murs, et quand il aurait suffi d'appuyer sur le petit interrupteur au mur derrière moi pour que le double néon change tout, ceux qui entraient levaient sur nous d'abord des yeux aveugles. « On tombe après l'avion, quelques heures après Roissy, dans une ville inconnue où les gens vivent nus dans la splendeur du soleil, disait Alain, mais tous les ports sont pareils, c'est en mer qu'on déballe le matériel et qu'on découvre la barcasse. » Avec les instruments modernes, prétendait-il, difficile de se perdre, et suivre une route en mer aussi est monotone : on rentre un bateau aux Sables-d'Olonne plus facilement qu'on s'y retrouve en voiture parmi les entrepôts et les ronds-points. « Mais l'alignement pris du petit phare vert et de celui en rouge qui le passe d'une tête, ajoutait-il, fier quand même comme d'une flotte immense à son retour, quand on affale d'un coup le spi et l'orgueil qu'on met d'éviter le recours à l'hélice. »

Une seule lampée pour la resucée du petit marc, et le prolongement osseux du nez et du menton soudés, avec les dents qui émergeaient un peu déportées de côté lui confiant mieux encore profil d'un de ces oiseaux primitifs reconstitués, Bossuthe se passa la main dans la moustache et se leva en faisant racler sa chaise, son dos voûté remplit brutalement l'écran bombé de la grosse télé aux boutons dorés (on n'avait pas caché, sur la commode qui le supportait, le *Télé 7 Jours* de la semaine finissante), éteinte bien sûr mais dont le reflet nous rediffusait en direct, enflés à la taille et la tête minuscule, loin très haut, avec des mouvements ralentis et des agrandissements de bras. La tasse verte resta seule sur le plastique de la table dans sa ceinture de fer anodisé, près d'une flaque échappée, que la sœur vint éponger. Il y eut un silence, à reculons je m'étais fait une place juste contre le thermomètre et les faire-part. Posé puissamment sur ses deux jambes au premier rang, le torse jeté en arrière et la casquette bien à plat tenue sur la braguette, immobile, Bossut semblait receler une foule indistincte d'automates prêts à se déclencher. Et je regardais sa chaîne de montre, accrochée au gilet sur un pantalon de velours à grosses côtes encerclant haut son ventre, tout ça du dimanche avec les marques de repassage (Alain m'avait raconté

34

comment le faux veuf, depuis quinze ans maintenant, amenait deux samedis par mois à sa mère, sur le porte-bagages de son vélo, la même valise de carton avec son linge de la quinzaine et reprenant la pile propre et repassée, qu'auparavant il en était déjà de même avec la mère du menuisier, qui avait passé donc après décès le relais à la belle-fille).

Salle du banquet à midi et la lourdeur de s'y abandonner, qu'est-ce qu'ils attendaient donc pour commencer, ça faisait dix minutes au moins qu'on était assis. Des regards à l'horizontale qui vous passent au-dessus des épaules sans se croiser jamais pour se réfugier ensemble très haut sur les murs. Les mains à plat sur la nappe blanche, et l'étalage sous les yeux : pendant que nous on accomplissait le parcours rituel on préparait ici les charcuteries dans les corbeilles inox et papier imitation dentelle. Et puis j'étais déshabitué de l'air et comment les premières heures cela vous assomme, comme au contraire un retour à la ville laisse l'impression de ne plus rien avoir à respirer, qu'on transpire sans raison, oppressé. Ou bien c'était brutalement le contrecoup du réveil à cinq heures pour le premier métro, la gare Montparnasse froide et le café rapidement pris au zinc en face (la brasserie qui affichait fièrement sur son mur du fond, oublié, le slogan de fer forgé imitation calligraphie : «Nous sommes peuple d'Atlantique»), les quatre heures tassées ensuite du train pourtant rapide jusqu'à Nantes, il ne s'agissait que d'y traverser le quai pour les deux michelines éclairées et chauffées d'avance, queue à queue, une pour Redon, l'autre pour La Roche-sur-Yon. La suite enfin des petites gares dans le début du jour d'hiver : après Clisson et Montaigu l'empilement comme infiniment compressible des noms sur l'identique rectangle peint, la micheline était bien sûr omnibus, croyant chaque fois qu'il ne pouvait plus y avoir une gare de plus et découvrant qu'il fallait s'arrêter encore à Belleville-sur-Vie ou un autre patelin pareil. En tout cas, je ne me serais pas cru le cœur à la boustifaille. J'aurais dû repartir, me forcer à repartir, je pensais, m'en aller dès l'ultime cérémonie finie mais il était midi et demi, tout ça n'avait duré que deux heures à peine et pas de train avant «le» quinze heures trente : le Vintimille-Quimper qui stopperait sa masse énorme une minute à la

36

gare minuscule, traînant jusqu'à Champ-Saint-Père un de ces wagons-couchettes dont les couleurs et les terminaisons de mots mettaient sur le brun-vert une note surprenante, le temps de jeter trois paquets ou que descende un couple de vieilles gens avec une valise : immémoriales silhouettes à casquette levant un **signal** rouge, long coup de sifflet et le train glissant déjà au ralenti, quelques portes encore ouvertes et un contrôleur s'y penchant. À Champ-Saint-Père j'avais été seul derrière le train à traverser les voies puis la salle d'attente devant le guichet sombre avec les publicités pour des voyages lointains, et sur la petite cour bitumée un taxi attendait pour rien. Du pâté sur les assiettes : foie et campagne, une meule de rillettes. Assortiment pour repas froid, tranches fines de jambon de pays et plus roses celles de jambon blanc avec des cornichons en épis. Et des rillauds, rillons plutôt comme ils disent, voire grillauds, ou grillons : ce ne sont pas des choses qu'on mange en ville, je n'avais plus le goût de ça. Qui est qui, avec qui se met celui-là, ça examine et se recompte. Pas un chuchotement, personne ne cause. Si un couvert qu'on déplace heurte une assiette, la main vite étouffe, et les toux sont vite matées,

tandis que le fautif se renfonce dans ses omo-
plates. Mais des raclements de pieds, des
chaises qu'on cogne et le claquement nerveux d'allumettes pour ceux qui se vengent
sur la cigarette (ce n'était pas encore passé de
mode). L'épreuve est finie on s'abandonne,
un relâchement s'établit qu'on partage :
ensemble à table c'est quelque chose qu'on
sait faire. Quelques-uns debout viennent
encore d'entrer, c'est eux qu'on attendait ?
Ils n'ont pas de place, engoncés encore dans
les cache-col et les pieds soudés dans une
même gerbe tandis qu'ils nous surplombent.
Le patron arrive derrière eux, torchon pendu
à son bras replié et menton rasé posé sur
l'immense cheminée de son gros ventre.

Et de grands gestes enfin pour les manteaux qu'on enlève, passant dans la buée plus
haut que les têtes, bouches d'ombre un instant agitant des bras vides.

Pas un mot plus haut que l'autre, mais parler ça les brûlait après ces deux heures, des
vagues de choses dites bas suintèrent, où
s'empêtraient déjà des linéaments d'appels.
Tous presque à même enseigne que Marineau le cousin au goitre et leurs voix peu
habituées grinçaient comme de passer elles
aussi à travers son appareil dans la gorge, des

sons rauques sur un bruit de cailloux qu'on verse dans une benne. Et qu'un bout de phrase ressorte par mégarde, pris en flagrant délit c'est tout le bourdonnement qui cassait sur une seule réprobation froide, il n'y avait plus que cette parole en l'air et l'assemblée langue collée au palais. Le protocole d'un banquet de famille ne fait pas le détail, cheveux blancs d'un côté et frisés de l'autre, garçons prolongés et vieilles filles ensemble (reste de cette vocation de marieurs incrustée dans la collectivité pour projeter sur les autres le même mécanisme d'accrétion qu'on a subi soi) : pour ainsi les apparier en haut de table, la tête de Marineau repoussée en arrière et posée comme un chapeau sur la masse lisse du goitre, les yeux roulants pour se frayer passage au-dessus, et Bossuthe une tête plus haut tout aussi rigide derrière son bec d'oiseau passant par saccades d'un bout à l'autre des tables, on avait dû penser qu'entre eux les infirmes auraient au moins un sujet de conversation obligé. Et bêtement, puisqu'on était tous assis maintenant, le petit rond brillant qui, perçant son cou, faisait horizontalement face à la salle, demanda s'il y avait de la place pour tout le monde. Un par un, aigres, et métalliques, les mots enroués trouèrent en vrille le brouhaha. Lui pourtant, l'infirme, sa bouche à peine entrouverte n'avait pas remué, sciée dans les muscles contractés des joues déformées. Mais à l'aise (le goitre, dans le silence brutal, soudain «rouge comme une écarlate») Bossuthe le bec-de-lièvre répondit que ça irait, sons qui eux filaient sans jamais se rejoindre, voyelles qu'il fallait réassembler pour comprendre. Ce fut le signal, tout le monde s'y mit, dans un murmure gras qui sembla, tant il monta soudainement, avoir été jusque-là accumulé sous les tables pour y attendre, les deux infirmes là-bas côte à côte, qui pour se parler ne déplaçaient pas la tête et lançant droit devant eux leurs mots abîmés, comme s'ils disposaient du gigantesque relais d'un orchestre dont chaque instrument jouerait pour lui, encore retenu pourtant, sourd à l'ensemble pas mieux compréhensible qu'eux-mêmes. En remuant à la petite cuillère dorée dans le double panier sel et poivre cela coulait comme du sable, quelqu'un à ma gauche me remplit mon verre d'un vin rouge très sombre je dis merci.

Les trois marches du haut seuil franchies ils s'essuyaient les pieds, trois fois le pied droit, deux le gauche. À chaque arrivant ce crissement qu'ils faisaient durer le temps au moins de prendre un premier repère et qu'on écoutait tous comme si cela devait dire quelque chose. Relevant les yeux c'est la mère qu'ils avaient devant eux, silhouette en noir sur le carrelage, le reste de la compagnie en arrière (signant seulement leur présence par des yeux agrandis et de gros soupirs, d'autres à l'inverse semblant se savoir bon gré de conserver tant de jugement parmi ce temps pénible et n'en laissant pas douter). Que les femmes partent en pleurs ça leur remontait comme d'éternuer, les délimitations trop nettes et accentuées des maquillages en gardaient des traces droites. Un village ce n'est plus le destin commun de familles réunies, aujourd'hui on s'en va vivre sa vie où on peut mais le cœur sur la main, pleureuses, elles étaient venues et avaient coiffé le masque fixe du deuil, nulle n'aurait manqué ce matin et la mère rendrait la pareille quand il le faudrait : le deuil des autres c'est le meilleur moyen qu'on a de revenir un peu dans les siens et la seule façon qu'on vous laisse parler de vos morts au moins le temps pour l'autre de préparer sa réponse C'est comme moi je. Et puis le cime-

41

tière on y a sa propriété chacun, on n'irait sinon que pour la Toussaint et aujourd'hui les condoléances terminées on y ferait un petit tour en passant, le vent souvent renverse un pot de fleurs et toujours il y a les mauvaises herbes à gratter dans le carré de famille, il y a toujours à faire et c'est le canif à la main pour nettoyer qu'on se recueille le mieux. Les vieux se faisaient préparer leur coin de caveau longtemps avant d'en profiter pour de bon (comme perdurait disait-on cette manie d'emmurer chat tué ou louis d'or dans le parpaing d'une maison qu'on bâtit), sur le granit gris poli d'avance gravé : nom prénom date de naissance trait d'union, à chaque cérémonie se rendant ainsi petite visite à eux-mêmes. De toute façon, pleureuses, n'importe quoi qu'on ait fait de sa vie, l'enterrement la rattrape, tout le monde y a droit d'autant plus que celui-là a manqué ce qu'il vous semble avoir réussi, et en déployer dès la voiture et votre robe la marque et les signes, dignité de menton : faire à quelqu'un le dernier bout de conduite garantit qu'on ne partira pas tout seul non plus. « Ce qu'on fait de bon cœur ne pèse pas », de tout cela il n'y a pas à parler : il en est ainsi depuis si longtemps. On n'imaginerait pas ici de funérailles deux le même jour à moins d'un drame, ce retour d'un bal l'an dernier et les morts dans la voiture, les deux familles ensemble à défiler dans la rue pas assez large il avait plu c'était donc quand, se racontaient-elles bas dans le fond de la cuisine sous le buffet de formica blanc. Et puis le père seul menuisier du village on avait bien tous été son client pour quelque chose, dans la rue on le salue alors venir c'était la loi quand vous pensiez, pleureuses, à la douleur des parents : Si durement éprouvés, voilà ce qu'elles chuchotaient. Et la loi antique aujourd'hui prolongée ce n'était pas par larmes feintes, munies chacune de la délégation de clan : De chez Untel ah oui, la belle-mère est venue mais elle est allée qu'à l'église on leur a pourtant rien fait. La mère aujourd'hui en avant du chœur avait comme elles toutes décroché de l'armoire au sachet de lavande (et dans les replis une même odeur de naphtaline en boules blanches) l'habit qui sert presque toute une vie comme le livret de famille : «Moi qui l'ai connu haut comme ça», c'est cela que toutes elles disaient en entrant.

La mère ils l'embrassaient tous, quatre fois la bise ici, dans le pays. Les hommes l'enserraient d'une accolade brusque, pas dans l'habitude, lui plantaient d'un coup aux épaules le brancard des deux bras tendus droit pour lui tapoter ensuite le dos par mouvements brefs, articulés du poignet, comme de ne pas savoir quoi mieux faire, et que ça expliquait encore ce qu'on avait déjà voulu dire par le frottement des pieds sur le paillasson, et pour quoi il n'y a pas de mots. Ils s'écartaient alors simplement devant leur femme, elle se chargeait du reste : pleureuses, qu'elles arrivent ainsi en procession discrète et non plus toutes ensemble dans l'élan c'était encore plus triste et la mère une fois de plus s'y laissa prendre. C'est elle qui avait mené la barque trois jours durant, disait-on bas près du buffet de formica, ressorti le titre de caveau et accompli les stations du chemin des formalités. «Et dans un cas comme ça, ajoutait cette femme petite au nez de travers, il y a enquête vous pensez.» Sans une faiblesse jamais, complimentait l'autre pour relancer sa voisine : «Et le transport et tout, qu'aujourd'hui elle craque oui elle avait le droit, ça soulage les nerfs d'émotion.» La mère, les yeux gonflés et rougis, les cheveux défaits, restait seule au milieu de la pièce, sur le carrelage, comme de ne même plus savoir quoi faire sauf ce hoquet de pleurs qui continuait, de grosses larmes brillantes lui glissant jusqu'au coin de la bouche, au repli rigide des lèvres. Il y aurait eu des mouches on les aurait entendues mais décembre ce n'est pas leur saison tellement. Le nez au plafond ou les yeux sur le bout des chaussures on laissait passer (dans la cuisine on était peut-être trente à ce moment-là). Le frigo se remit en marche brusquement, un gros soupir fit vibrer la tôle et quelque chose dedans (un saladier sur la grille de fer) racassa. Le gendre vint jusqu'à la mère, fourrée aussitôt sur son épaule, les mains ramenées sur la figure. À petits pas il l'emmena dans l'autre pièce. « Ça vous met au moins le sentiment dehors », dit la femme au nez pointu un peu de travers.

Et portant à autre rive son mort tout devant, le village qu'il entaille retient haut sur le cortège ses murs et ses toits, les gens encore sur le bord à attendre, les cheveux des femmes échappant aux foulards noués pour se défaire en flammes noires de drapeaux fous qui leur battent au visage.

Croisement en patte d'oie avec un panneau à noms superposés : Sainte-Radegonde-des-Noyers, Puyravault et Mareuil respectivement à sept, douze et dix-neuf kilomètres c'était marqué donc vrai, sous la plaque bleue du nom de rue elle Poussepenille, comme de l'autre côté, sur le chemin de terre : « rue Poussepenille prolongée ». Ces gens, jusque dans le carrefour, venus pour un bout de conduite, qui nous regardent sans broncher et qui attendent pour se mettre à la file et emboîter le pas. Le bourg est un radeau en plein champ qui sur le cortège se referme comme il le pénètre, les murs lèvent haut sur la rue étroite, en guise de charnière un trottoir défoncé où on n'aurait pas idée de marcher. Et ces gens par grappes sur les bords s'en détachent d'un revers de paume, s'amalgament à la filée de ceux qui avancent, terre qu'un fleuve arrache au talus et s'en grossit pour ajouter à sa crue. Là-bas, derrière la carriole noire, les parents marchent, plus voûtés qu'en partant. Et de toute leur hauteur d'homme ajoutant au flot de la foule contre le vent, l'avancée lente repoussant avant elle le décor des toits maintenant pliés les uns dans les autres malgré les cours et les murs, le village une masse peu à peu égale et compacte où les maisons finissent même par prendre étage et s'accoler. La petite place est une enclave de travers avec la boulangerie au fond, et des bandes blanches dessinées sur le gravier pour garer les voitures. Pas grand-chose, les commerces, l'utile. Maintenant on va pour n'importe quoi à la ville, le samedi est fait pour ça, même la viande on la prenait pour la semaine au Leclerc. Au-dessus de nos têtes en travers de la rue un père Noël en traîneau avec des ampoules manquantes oscille en grinçant. Droguerie-bazar, le cortège se reflète dans la vitrine et traverse en fantôme la proclamation « Télé radio sanitaires » presque comme le mot d'une seule fonction, le ciel s'était soudain fait sombre, les bouteilles de gaz s'empilaient comme une annonce déjà du cimetière.

Dans les rangs c'est trop long, on se regroupe et ça bavarde, et même sans personne à qui parler un monologue s'installe et fatigue. Le Crédit Mutuel voisine le Crédit Agricole pour drainer amont les salaires ramenés dans les lotissements vendus à crédit, et sur les vitrines ces propositions louches en langue de finance comme si pour s'enrichir il suffisait de ne rien faire. Juste un bout de nez qui bouge entre deux poings, la Poste a des barreaux et une paire de lunettes brille entre les barreaux, la guichetière regarde le monde passer, ce n'est pas ce samedi matin qu'elle aura des clients. Deux heures déjà à supporter de face ce vent, je pensais (et pour-quoi) à ce phénomène astronomique d'un ouragan d'électrons accompagnant juste-ment un effondrement gigantesque lui invi-sible, dit vent T Tauri, mais c'était Alain qui nous l'expliquait, emmenant avec lui en mer ces livres, eux seulement, d'astrophysique ou cosmologie. «Les vagues l'une après l'autre comme si surmonter chacune ne servait à rien, s'obstiner à porter une même peine à chacune renouvelée, et la distance si infini-ment petite qui sépare toujours la situation la plus désespérée d'un sauvetage relatif.» Navi-guer prétendait-il n'aurait été qu'un exercice inutile s'il ne s'était agi de la rémunération même de ces convoyages, quand bien même il aurait pu se dispenser, justement, de cette rémunération (nombreux nous étions encore, ces années-là, venus d'Ouest, à vivre sur les chantiers d'usines par ces entreprises d'inté-rim qui florissaient), mais à intervalles régu-liers lui reprenait l'envie brute d'un départ, et ce qu'il mettait dans ce seul mot toujours de cuivre : «Cette couleur glauque de la mer sans horizon, dans sa gangue de brume, et la manière tenace de la coque sous sa voile à se frayer chemin dans cette immensité, qu'on tra-verse pourtant.» La disproportion des forces, prétendait-il, la lutte qu'on mène, à égal de la mer et l'outrage que lui seraient des voiles trop sûres, contre le sommeil, simplement le sommeil, disait-il. «Et ce qu'on se découvre sous les os du crâne à ainsi le décortiquer, lorsque des jours entiers passent à devoir se réveiller chaque deux heures, avant l'abrutissement définitif et les yeux éblouis, la peur qu'on a des cargos et l'illusion dans la nuit d'un mur noir qui défile, vient à votre rencontre et vous fracasse inévitablement : puis il n'y a rien.» Le goût qu'on prend pourtant de naviguer seul, insistait-il. Il y avait eu cette période de trois ans où avec Alain nous partagions ce deux-pièces à Paris, dans un sixième étage rue La Fayette, avec ces nuits dans le noir que nous passions à parler à distance, l'autre parfois reprenant langue sans surprise où soi-même, après tant de temps et de dérive, on en était dans sa tête.

Le bout de la rue voulait faire centre commercial, de guirlandes pour Noël il y en avait trois pas une de plus, pendues à dix mètres d'intervalle mais ça suffisait, la rue avait un plafond : on croyait entrer sous un porche, marcher dans une salle basse juste décorée du ciel. Le cortège à chaque pas se compressait encore un peu plus et ralentissait encore,

49

accentuant ce cahotement transversal des épaules. À l'angle la vitre des assurances, rien qu'un tulle blanc jauni et un écriteau « Parce que la vie est pleine d'imprévu » mais ça ne devait pas concerner celle de l'assureur. La boutique de la coiffeuse est vide, et derrière leur grande vitre parmi les têtes de carton découpées, devant les trois séchoirs à la file sous un mur gris, Maïté (c'est marqué) et son aide nous dévisagent sans gêne. Et ceux-là où se croyaient-ils, ils attendaient mais pas pour défiler, les mains dans le dos, sanglés par la tenue des dimanches. C'est une tâche de toute la vie que mesurer sa propre importance à la façon dont elle est acceptée du reste de l'espèce, l'enterrement la leur prouvait à eux-mêmes. Le poilu croit qu'on vient enfin lui changer ses quatre gerbes, défraîchies depuis le 11 novembre mais non, les fleurs qu'on amène ne sont pas pour lui. Le cortège s'arrête, on continue un instant le cahotement de traverse. Monument aux morts d'accord : vingt-cinq côté face c'était 14, sept pour 40 et la suite, deux enfin pour l'Algérie l'histoire est tranquille tout ça s'écrit pareil et occupait la troisième face, la dernière était libre avis aux amateurs (mais la guerre qu'on fait tous les jours à ce monde usé ne compte pas :

j'avais envie à ce moment d'une écriture au couteau sur la pierre noire pour y marquer le nom d'Alain). Une lassitude alors, même si rien n'avait encore vraiment commencé, le sentiment que non, je n'avais rien à faire ici. Une bêtise, tout ce chemin et changer trois fois de train, non ici rien ne le concernait lui, c'est à la famille et eux-mêmes que tous ceux-là ce matin de décembre rendaient hommage. À cet instant, et si le cortège ne s'était pas à nouveau ébranlé d'un bloc, me cernant et rendant la défection trop visible, j'aurais préféré me laisser glisser sur ces bords où ils parlaient par groupes, retourner à la petite gare vide et y attendre, voire même repartir en stop, prendre à pied la route de Luçon : tout aurait été mieux que suivre encore la charrette à bras peinte en noir.

La bière était dans le salon, close, vernie. Une odeur d'encaustique d'abord, à cause des meubles de la salle à manger qu'on traversait en long à la seule lueur d'une lampe dans un coin, recouverte d'un tissu rosâtre. Le grand ménage avait été fait, la pièce frottée, et résonnait, venu de l'autre côté des volets fermés, l'incessant aboiement grave du chien. On se reflétait sur la commode en passant, et la seule décoration au-dessus était la maison elle-même, en photo vue d'avion encadrée, métier (au porte à porte proposant les clichés) qu'on n'aimerait pas faire et qu'on découvre obtenir cependant résultat : sa propriété sur terre mieux reconnue ainsi, vue d'en haut et dans l'évidence de l'appareil technique déployé, que par la parasite et obsolète paperasse de la corporation notariale. On refermait derrière soi la porte de la cuisine quand votre tour venait, pour traverser un petit couloir carrelé (et la porte au bout de ce couloir c'était forcément le petit lieu, y finissait le bruit en remontée des anciennes chasses d'eau hautes). Le rectangle jaune du salon paraissait alors très loin, un autre monde, par la disposition de ces maisons basses et qui peuvent s'étaler sans hésiter. Fière mine et belle allure, une fois franchie la porte, c'est elle, la bière, sur laquelle on butait, bien calée sur ses quatre chaises au garde-à-vous, armée d'un crucifix d'argent et illuminée au bout des sept cierges qui en étaient le seul éclairage. Hauts flancs renflés, dernier bateau pour quel voyage, elle prenait toute la place et on avait peine à se glisser autour. La table repoussée sous la fenêtre disparaissait sous gerbes et bouquets (ces fleurs en cornet comment ça s'appelle : tubéreuses?), des roses aussi, blanches ou rouges c'était de convention. La fenêtre ouverte derrière les volets fermés laissait entrer le froid brutal du dehors, et cette vague clarté grise que repoussaient les sept flammes jaunes des cierges. Dessous des luxes de cellophane le plastique avait des élancements d'architecture moderne, multipliant à l'identique le papillon doré avec le nom du fleuriste. On ne pouvait entrer plus de trois à la fois, et c'est Marineau (que je découvris donc alors) et Bossuthe qui vinrent après moi, tandis que nous croisions les précédents en traversant la pièce du milieu, tête baissée et qui ne nous avaient pas regardés. Le père était seul entre les cierges et les fleurs, ne bougeait ni ne levait la tête, sans un signe même de connaissance à nous trois qui prenions place, moi contraint par les deux hommes de venir au pied du cercueil tandis qu'ils encadraient symétriquement la porte sans plus approcher. Et malgré la température c'était d'être dans sa coquille de peau tout d'un coup comme d'y éclater, une transpiration vous prenait sous les habits et maintenant sur le front, ça passait au bout d'un moment. Marineau, la tête repoussée vers le haut par le goitre, avait des expirations courtes, comme s'il n'y avait des poumons chaque fois qu'une petite boîte à se remplir, et qui sifflaient chaque fois, après un petit silence, dans ce trou qu'il avait au cou, avec le grillage de métal et un taffetas. Et pour faire tomber droit ses deux bras en cône il tendait ses épaules vers l'arrière, tirant le costume verdâtre sur son ventre en ovale, tandis que le petit sifflement à chaque remontée accélérait encore, les bras à l'oblique, les grosses mains écartées devant. Lourde machine infirme, dont l'immobilité outrepassait soudain la peine à vivre. L'autre, pour marquer mieux la dignité de circonstance, semblait engoncé dans un costume encore accroché au cintre, et de redresser le cou lui envoyait la lèvre sous la cicatrice plus loin que son nez d'oiseau. Les mains de biais sur la braguette, sa casquette pied-de-poule au bout des doigts et sa tignasse peut-être restée dedans puisque d'un coup je le découvrais chauve, sauf cette mèche de traviole et raide qui se rebiffait du bout sans rien cacher d'une peau blanche et très lisse, comme un peu molle, qui tombait droit se visser au milieu du front sur la ligne nette du hâle où commençaient les rides.

Le père avait toussé, décroisé et recroisé les mains mais tout ça sans bouger les jambes ni relever les yeux ni sembler nous avoir vus encore, ce n'était même pas la bière mais le plancher devant ses pieds qu'il devait regarder. Fleuriste, depuis qu'avec les congélateurs ça n'a plus rien à voir avec l'horticulture c'est à jamais un métier d'avenir : les plus sincères (en insistant comme s'il pouvait y en avoir d'autre sorte) imprimées en imitation manuscrit sur la carte toujours la même, on envoie ses condoléances par téléphone et sans quitter ses pantoufles. Au-dessus de sa blouse grise, de bons yeux et une moustache bouffante entretenue, un grand acteur de comédie se déplaçait en fantôme sur la scène immobile des trois hommes et du mort (le père ne regardait rien, ne répondait pas au fleuriste empêché), l'air affairé et faute de réponse il décida de simplement les déposer par terre devant la bière puisque la table derrière en était tout encombrée : c'était trois fois le même bouquet de glaïeuls avec sur la cellophane trois fois aussi son étiquette détaillée «Deuils mariages compositions florales plantes à louer Euroflor Luçon livraisons sur tout le canton». Les yeux dévoués et la grosse moustache d'Euroflor supervisèrent

encore l'arrangement et même nous trois
autour de la bière comme si avec les fleurs on
était un élément cohérent du tableau. Faute
que le père, même alors qu'il reculait d'un
pas glissant et appris vers la porte, accorde
comme une permission muettement deman-
dée, il nous fit à nous son signe de tête (les
deux infirmes, eux, s'occupant plus du fleuriste que du mort) : ça respectait l'usage et ça
suffisait, on entendit bientôt son démarreur
dans la cour, le bruit de la camionnette qui
reculait. Sur le buffet contre le mur le musée
de famille pourquoi n'avaient-ils pas débarrassé tout ça, à force de le voir ils ne remar-
quaient peut-être plus ce fouillis et comme
aujourd'hui c'était bizarre, pourtant astiqué
de frais comme tout le reste. Choses ramenées de voyages et blasons de grandes villes,
des coquillages et trois poupées en costume
folklorique dans leur boîte de plastique à
vitrine, autour d'une pendule sous cloche de
verre entre deux volutes de marbre gris, massive comme une mère poule au milieu et arrêtée comme de juste. Puis dispersée sur tout le
buffet en long la galerie de famille, le
mariage des parents à côté de celui de la sœur
comme si on en faisait collection, d'une géné-
ration à l'autre le jardin du photographe et

son marronnier n'avaient pas eu le temps de changer, en noir et blanc sur la première et couleur sur la seconde, posture dégagée du marié et sa pochette variété, comme le marronnier n'avait pas vieilli non plus. Et photos d'Alain depuis ses culottes courtes, au moins cinq encadrées, les plus petites glissées au coin sous le verre. La plus récente est sans doute celle-ci (avec ce mal cadré d'une prise amateur avec un appareil rudimentaire aux trois positions d'ouverture focale : soleil nuage pluie représentés par une minuscule icône) sur un trimaran prêt au départ en solitaire pour son retour d'après course, derrière lui une ville étagée sur une colline avec des maisons blanches et des palmiers, ou celle-ci l'avant-dernier été sur la plage, sa sœur avec son fiancé et lui en maillot, bronzé lavabo parce que le sable ce n'était pas son genre tellement. Riant sur la plupart : pas un triste, le héros du jour. Au coin en uniforme puisqu'il n'y avait pas échappé, un polaroïd de chambrée, le flash leur mettait des points rouges au milieu des yeux, derrière des bouteilles vides sur une table. D'autres clichés, qui n'avaient pas eu droit non plus au crêpe noir comme cet agrandissement d'une photo d'identité (on voyait encore l'œillet, un peu blanchi par le photographe), toute seule sur une chaise, plus grande que nature et tramée à gros points. Ces photos qu'on fait dans les gares, quatre poses pour cinq francs, c'est un masque mortuaire que d'avance on vous offre, tabouret réglable et rideau noir, sur ces photos-là on ne rit pas. Un monde meilleur madame la mort ça tenait donc dans une caisse en bois, ça faisait quand même drôle de le savoir là le copain, et qui ne disait plus rien : ici devant ce sont ses pieds, les orteils à la verticale, ont dû le chausser de cuir ciré chaussettes fines, dignes les morts la toilette c'est d'office. Sur le visage paraît-il un voile noir, c'est une tante dans la cuisine qui avait dit ça, parce que ce n'était pas du joli quand on l'avait ramassé elle avait ajouté à voix encore plus basse, quelle tête il avait dessous Alain endormi par son fakir (lui qui se bouffait tout le temps les ongles ils lui ont mis les mains où), et ses cheveux dans le cou s'ils ont raidi comme le reste : la mort on sait ce que c'est, on croit, mais quand on est devant ça ne met pas à l'aise, dans sa boîte il devait flotter à mi-hauteur le copain et pas reposer sur le fond c'était pas possible.

II

Vous n'allez pas repartir comme ça tout de même, c'est la mère après les condoléances qui lançait les invitations : Vous mangerez bien un morceau, il faut bien se réchauffer un peu, difficile de se défiler.

Par terre c'est un parquet qui sent encore le guinche : l'estrade dans un coin pour les musiciens, communions banquets de classe et nuit des vingt ans, Sainte-Catherine et amicale des chasseurs, la salle s'est imbibée à force d'une odeur froide de vieux vin. Rien de nouveau sous le soleil des petites ampoules allumées en plein midi, les guirlandes de crépon pendent en essayant de garder l'air gai, les fleurs de papier ont fané mais le décor est le même qu'aux épousailles de la sœur en juin (six mois de ça, dit à ce moment la fille en face, parlant à sa voisine). Sous une planche où le club de foot à gauche, pétanque à droite et cyclisme vétérans ont dû rajouter depuis juin quelques coupes, la cloison près de la porte est un trophée de coupures de presse et photos. Le troisième âge n'a jamais été si occupé que depuis la retraite, la semaine prochaine concours de belote : prix *mirrobolans* c'est écrit comme ça en gros : «jambon arrière» au premier, un canard au deuxième et des bons d'achat la suite. Doublettes tirées au sort, c'est écrit aussi, pour financer la «sortie annuelle en autocar à Lourdes prière d'inscrire votre nom sur la liste». Sur le tableau noir où tout ça se punaise, le calendrier aussi des matches, équipe première contre Angles Cols Verts, seconde et junior à L'Aiguillon quinze heures entraînement commun le matin «dix pétantes» et à la craie encore : Alain j'ai tes chaussettes (ça n'était pas le nôtre), en gros, signé : Y. Par-delà un couloir en travers, une autre porte avec le bistrot et des gars au bar qui causent on dirait tous à la fois, ils n'en sont pas à la première tournée et quand ils lèvent leur Ricard on voit cette limite un peu rouge sur le cou où, sous la bosse qui le tend et remonte en buvant, commence le rasage.

Mariage. Les deux musicos avaient débarqué juste au moment de la pièce montée, les oh et les ah de l'assemblée (à combien près les mêmes qu'aujourd'hui ?) c'était pour elle et pas pour eux, les bouchons ont commencé à claquer puisque le mousseux *brut de brut* était déjà disposé sur les tables et le grand cône de choux à la crème avec le petit couple en plastique en haut à se faire des yeux doux, gardé maintenant dans un tiroir, remonta de la porte aux coupes des sportifs jusqu'à la table des mariés sans s'effondrer ni verser mais ça faillit bien sûr, les musicos ouvrirent le bal immédiatement Bonjour à tous pour votre plaisir et le leur ils ont parcouru toute la France et sont avec vous ce soir j'ai nommé, tout le monde applaudit. Leur matériel déballé brillant on aurait dit un magasin de prothèses, instruments accumulés comme s'ils en faisaient collection autour de l'orgue et de la batterie. Pour s'accorder ils avaient la griffe de professionnels, avant d'enchaîner avec conscience la suite réglée des morceaux. C'est le caissier de la Caisse d'Épargne (m'avait dit Alain) qui tenait la batterie et le saxophone, faisant le tour de ses tambours au milieu du morceau pour venir prendre le solo tandis que l'autre avec des mines comme pas permis insistait sur l'accompagnement, les épaules remontées et l'orgue au bout des bras, un micro fixe lui repoussant la tête en arrière puisqu'il semblait chuchoter seulement pour reproduire le fausset des principales variétés du mois, qu'on reconnaissait de la radio. J'avais bien remarqué qu'il avait les dents gâtées, une suite noire avec quelques reflets de métal sous de drôles de lunettes étroites et fumées, la femme du caissier fiérote et bichonnée à leur côté pour venir installer les partoches et tourner les pages. Elle faisait aussi les chœurs, et quand elle se remontait d'une main le chignon, sans s'arrêter de chanter, la ceinture de sa robe verte soulignait un bel embonpoint.

Monsieur c'est libre je vous remercie : les lunettes fumées étaient à vingt centimètres de mon nez et l'haleine avait une odeur forte de tabac maïs. Je ne m'étais souvenu peut-être avec une telle précision des musiciens qu'à cause de l'organiste aux mauvaises dents, dans un de ces brefs instants où perception et vision prennent un peu d'avance sur les fonctionnements conscients. En tout cas c'est bien lui qui était devant moi : Vous êtes l'organiste, je lui ai dit alors qu'il s'asseyait près de moi, et j'ai remarqué ses talons à rallonge sous les souliers pointus et cirés : Vous vous souvenez, il a répondu flatté. Je n'ai pas précisé que c'était surtout à cause des dents mais tout de suite il semblait plus à l'aise et se rengorgea en regardant là-bas l'estrade avec un air de propriétaire.

Mariage, sur le tard, Alain les yeux brillants et un peu fixes ou resserrés (c'était pour les ramener, lui et sa voiture, qu'il avait insisté pour que je l'accompagne : difficile pour lui, prétendait-il, de ne pas faire *acte de présence*, c'étaient ses termes), l'organiste avec un air entendu jouait à ce moment-là la danse des canards tandis qu'en cortège (et mon copain en tête) la noce allait présenter à la mariée ce qu'ils appelaient le bouquet, une carotte ficelée entre deux navets : C'est de tradition comme la jarretelle, c'est pour rigoler me dit Alain au retour, du mal à garder la tête droite et se tenant ferme à la portière, deux virages plus loin il me demandait d'arrêter pour prendre l'air et s'en allait se pencher sur l'herbe, les choux à la crème ne remonteraient pas plus loin. Au péage de l'autoroute (elle s'arrêtait encore à La Ferté-Bernard) il dormait déjà.

Quand on pense qu'il n'y a même pas six mois de ça, dit l'organiste pour engager la conversation et comme en mangeant et parlant il tirait un peu plus d'un côté que de l'autre, on voyait derrière les dents abîmées du devant la rangée de molaires refaites, où du métal brillait. «Daniel», il ajouta pour se présenter, comme si de donner son nom seul était une garantie dans sa profession, et que tout le monde avec évidence connaissait le nom peint en lettres mauves sur son camion. Je répondis pareillement, ce n'était pas faire honneur à sa nuance et il le marqua. On s'est donc serré la main et cette fois c'est lui qui a repris la formule, à peine interrogative : un ami d'Alain ?

Et on était dans l'immense cour par petits paquets de gens avec le froid qui mordait aux oreilles, certains près du portail pour s'accrocher à quelque chose (comme tirant des soupirs de leurs talons, sans bouger pourtant et dans la contagion qui les avait pris du plus figé sérieux). Entre le ciel et les gens, cet enterrement une symphonie de gris sauf la façade blanche de la maison, mais il restait jusqu'ici quelque chose de la lumière violente de la côte, une netteté soudain réfléchissante de tout et même du chien au bout de sa chaîne qui gémissait, tout ressortait à égalité d'un plan général et brillant. Une suite de fenêtres vertes sur un bâtiment long et plat à l'arrière, couvert de fibre ondulée et dont une poussière blanche semblait avoir colmaté tous les interstices possibles pour l'extraire d'un même matériau cotonneux, une image irréelle qui aurait aussi bien affecté l'extérieur que le dedans (ou bien que personne depuis des ans n'eût pénétré dans l'atelier où le père et trois commis s'employaient quotidiennement). Dans un creux de cette longue journée du mariage, après avoir pris dans la cuisine une grosse clé, j'y avais suivi Alain. Le parfum soudain du bois varlopé, et cette sensation d'abord si curieuse de pénétrer, autant qu'un lieu, le cercle d'un vocabulaire qui précède les choses et désignant plus un ensemble codé d'habitudes : un escalier en bois de frêne, juste mortaisé et comme en éclaté, attendait au sol, posé de champ, le dernier assemblage. Et le grand mot dégauchisseuse, dans une familiarité qui le remplissait de la forme même de cette machine verte complexe émergeant de la sciure en pyramide. Alain, après avoir abaissé le contacteur sur un mur (ce claquement si reconnaissable du triphasé quand les lames de cuivre tombent sur le ressort) en fit ronfler à vide, un instant et comme si cela surtout avait compté pour lui-même, bref démarrage sifflant puis le régime établi demandant l'attaque du bois, la toupie et tout cela perdait ce même instant la qualité d'abstrait qu'on y trouverait dans un manuel pour se plier à des gestes mille fois faits : tout cela que j'aurais appris avant même de savoir lire, m'avait dit Alain en refermant la porte, et ramenant la clé au clou de la cuisine.

On les avait entendus comme s'ils avaient été tout près, quatre silhouettes avec cette chose noire au milieu qui se débattait et quatre autres derrière, doublant les voitures garées tout du long sur le bas-côté (quelqu'un dans la cour racontait qu'il avait mis d'avance la sienne près du cimetière et était venu ici à pied, « pour gagner du temps à la fin »). En tout cas un frittement pas possible, un clairon à roulettes parce que ce froid peut-être faisait aussi tout résonner bien plus, et que dans la descente qui menait à la maison, que le cortège devrait lentement remonter dans un moment, ils allaient trop vite. Les pompiers n'avaient donc pas de corbillard, rien que cette charrette à bras peinte en noir, grinçant terriblement (ou bien, plus simplement, parce que tenant à rendre honneur à la famille du menuisier, ils avaient voulu ainsi transporter la bière plutôt, comme c'est l'habitude jusque dans les moindres hameaux, que d'emprunter en y tirant derrière les vitres quelques rideaux le taxi de la commune — depuis la multiplication des examens médicaux et par le vieillissement des populations d'ici c'est une profession disproportionnément florissante, aux prestations remboursables).

Et personne pourtant ne marqua de surprise à cette carriole armée de deux paires de cornes qui se démenait sur les cahots, et dont on ne savait pas si c'était eux qui la poussaient ou elle qui les tirait. Dans tout ce silence les huit hommes en cuirs et képis étaient gênés du bruit de grincement et regardaient ailleurs, loin sur les prés, mais stoppèrent pile au portail au milieu des gens et entrèrent dans la cour comme sur la pointe des pieds, ça n'empêchait pas l'essieu de continuer à chaque tour de roue son hurlement de fer, tandis que le gravier leur crissait épaissément sous leurs semelles, tout ça vraiment dans l'ambiance.

La cour était légèrement bombée, ils avaient décroché deux tiges de fer plat pour dresser leur brancard comme une table, sur le gravier un autel de plein air. Puis immobiles, pas satisfaits ou perplexes. Le chien qui grondait se tut, le père sortit de la maison. Et eux le saluèrent d'abord à la militaire, de deux doigts à la tempe, puis se dépêchant de soulever à la civile le coin du képi pour, comme soulagés, saisir empressés la main qu'il leur tendait. Des pompiers volontaires le menuisier était donc capitaine ou adjudant et tout ce déploiement, ceinturons à se voir dedans, rendait les honneurs mais pas au mort vraiment. Tourner le dos et partir, Alain lui-même nous autorisait à en décider : ce besoin de se purifier ensemble sous le code ne les concernait qu'eux, et leur pacotille de conventions. Un pompier plus âgé, un peu bedonnant, qui venait après les autres, portait dans les bras un gros paquet de draps : le poêle noir aux parements d'argent, avec cordons et franges. Le père, précautionneusement et comme s'il lui prenait le pouls, ne lui serra que le poignet, sans secouer.

Est-ce que le père avait cloué le cercueil de son fils, sans doute : c'était lui le menuisier, c'était son métier. D'ailleurs il ne s'agissait plus de clous mais de vis inox cruciformes à tête fraisée apparentes, régulièrement espacées autour d'un couvercle à jointoiement d'étanchéité, une bande nylon chanfreinée qui s'adaptait avec une précision insolente au profil du tout. Mais le gendre aussi devait connaître la manœuvre, puisqu'à Fontenay-le-Comte il travaillait dans l'usine qui les fabriquait, une des principales dans sa spécialité (il n'y a pas tant de grandes usines à produire des cercueils). Dans la cour, maintenant que les huit képis à la suite du père avaient disparu dans la cuisine, qu'on avait à attendre encore, mais avec cette chose noire plantée au milieu, et devant quoi on faisait le vide, c'était lui, le gendre, le seul à parler : comme pour les meubles, prix de série et prêt à porter, personne ne demande plus à un artisan de village de fabriquer ces véritables automobiles de la mort doublées plomb avec poignées et dorures, enjolivures faites mains et pieds sculptés, moyennant supplément capitonnage cuir ou simplement petit oreiller leurs catalogues sont stupéfiants de dire tout ça si tranquillement avec photos à l'appui, velours ou peluche pour se voir dedans les ongles des pieds pousser dit le gendre, en comptant les options un choix de deux cents modèles il ajouta, quelque chose revivant par le seul menu à la famille laissé de l'embarquement des légendes sur ces bateaux de la nuit et le mort livré à la mer (pointe du Payré, tout près d'ici on montre l'endroit,

69

disait Alain, légendes auxquelles seul en mer on pense, avait-il dit aussi, à son tour de quart seul éveillé sur ces voiliers de onze mètres où on est dix confinés, le capot du rouf ouvert on devine les gars dans leurs sacs et tout s'entend, «un grincement de dents et ce qu'ils disent dans leurs rêves, l'impression alors comme jamais d'une solitude immense, seul au monde peut-être et sans recours sur cette immensité qui te déborde», l'impression de vitesse aussi incroyable à vingt kilomètres-heure, disait-il, remontant au près ce clapot méchant en face de Bayonne : plutôt par le trop grand déséquilibre des éléments, continuait Alain, le vent et la mer qui se rejoignent pour animer ce qu'on sent si minuscule, le bateau et soi-même. «Malgré la promiscuité inconcevable de la vie en mer, à dix sur cette boîte de plastique tu te rends compte, pas un mètre soixante aux barrots, seul à la barre l'idée de ces vaisseaux surchargés d'âmes qui passent la nuit au ras des côtes pour embarquer les morts, les histoires de grand-mères et comme ces moments, entièrement livré à soi on y pense, il avait fini ce jour-là, et tu connais aussi cette histoire chinoise, des chevaux dans le désert qui pour mourir tournent leurs naseaux vers l'est toujours et la mer»).

Dans l'usine de Fontenay il leur en défilait des boîtes sous le nez on rigolait bien, disait le gendre son beau-frère, *mérienne loucedé* dit-il la sieste en douce couvercle sur le nez bien allongé dans le molleton et pour la bricole ils y avaient tous passé, les mariés et même les contrefaits, incroyable la place qu'on a dedans à condition de mettre la tête aux pieds pour pouvoir écarter les jambes insistait-il : « Y a pas ça incite ». Pour les filles ce n'était pas drôle la sellerie, la laine de verre utilisée en bourre mange les poumons par en dedans et elles ne tenaient pas deux ans avant de chercher autre chose alors vous pensez, parmi ce qui défile (gens qui épuisent en une fois la curiosité qu'on a pour eux, je pensai).

Il s'arrêta coupé net dans sa lancée : ce n'était pas qu'il parlait fort, mais là-bas la porte de la cuisine s'était rouverte, dans la maison c'était noir et on ne voyait personne, ni même qui l'avait tirée, mais deux derrières s'encadraient dans la porte, et le cercueil jaillissant d'un bon tiers les fit descendre trop vite les trois marches du seuil, les deux pompiers ne surent plus assurer leur prise et la bière était là coincée, gros doigt oscillant dans la porte trop étroite, à moins que la maison, pour garder un instant de plus celui qui avait tant joué sur ses marches, ait contracté à l'extrême ses muscles de pierre tant, sous cette grande lumière de la côte, la chaux avait semblé blanchir encore sous l'effort. Ils auraient mieux fait de la passer par la fenêtre, dit le gendre. Pourtant ils l'ont bien rentrée, répondit son voisin. Oui, mais de champ, reprit le gendre : ils n'allaient tout de même pas la rouvrir ?

Quelque chose avait craqué, une mère très fort cria Dominique à son gosse qui s'était approché, la bière cogna avec un bruit de bateau et se dégagea en faisant trois mètres d'un coup, les deux pompiers de l'autre bout comme de courir après, celui de gauche sans képi. Maintenant à eux trois et le décoiffé, comme si rien ne s'était passé, ils avaient grimpé le bois clair sur leurs épaules et attendaient, les autres sortaient de la cuisine à leur tour et enfin à eux huit marchant un semblant de pas pour déposer la bière sur le brancard aux roues noires, le principal était fait.

Ça fait du bien d'être au chaud, dit l'organiste aux mauvaises dents, un temps à se geler, certainement.

Après la noce ils ont fait une semaine de

miel, disait la fille en face, parlant encore du mariage de la sœur, elle témoin de la mariée, elle répétait : donc je le sais, ajoutait-elle c'est que ce qu'elle racontait devait avoir besoin de contrepoids. Mais sur l'autoroute le pare-brise a cassé, ça arrive, elle continuait. Rouler sous la pluie après une fête pareille ça ne leur a pas réussi, en arrivant à Venise huit jours sous antibiotiques ah ils s'en souviendront, tout ce qu'il aura vu du pont des Souvenirs c'est un lit bateau, la pique-fesse matin et soir sans compter que l'hôtel il a bien fallu le payer quand même, les étrangers ça ne te fait pas de cadeau.

Surtout les pieds, souffla l'organiste en essuyant à la nappe ses verres de lunettes et me regardant soudain de trop près ça devait être à cause de sa myopie lui aussi. On commence à peine à se réchauffer, il continuait, un temps épouvantable.

Remarque, comme elle est maintenant, c'est qu'ils n'ont pas attendu la bague au doigt pour faire connaissance disait la témoin, c'était déjà en route à l'époque. Puis avec le mouflet ils sont pas prêts de repartir, répondait sa voisine, plus qu'à l'usine de Fontenay c'est déjà réduction des heures et chômage. Pourtant je croyais que c'était un secteur stable, dit la témoin. Tu parles, avec les importations du Japon. On peut plus se fier à rien de rien, dit la témoin, et carrément elle posa son sac sur la table, un sac de cuir rouge au fermoir doré, dont elle sortit une petite glace ronde pour commencer de se retaper les boucles.

Et les cimetières, monsieur, pas grand-chose pour se mettre à l'abri, dit l'organiste, *o f'ziant tant fred qu'y avions les mots que l'gelions dans la goule*, lançait plus haut le goitre. Un temps de chien et pas parti pour s'arranger, reprit l'organiste, renchaussant ses lunettes fumées mais continuant de me regarder d'aussi près, avec une haleine chargée encore d'odeur froide de tabac : ça n'en finissait pas, insistait-il.

Il y en a comme ça qui appellent la misère, dit la témoin, ils ont la déveine avec eux.

C'était trop de rupture en un matin avec la vie que je connaissais, la vie des habitudes ou comme si en cet instant la réalité même témoignait d'une immense (et impossible à rendre) audace de ses syntaxes de deçà la langue. La représentation basculait en un tableau plat et brillant, où tout venait à égalité. Le pompier avait à ce moment-là toujours son paquet de draps dans les bras, et commençait enfin à le dérouler sur la bière. En hommes peu habitués à ces essayages de couturières ils eurent du mal à ce que les franges tombent droit, et n'en finissaient plus de les rectifier. Bien border le mort qu'il dorme son sommeil sans rêve : le parement noir pendait désormais raide sur les quatre côtés, le bois verni avait disparu. Dans la cour on battait de la semelle, les gens arrivaient, se regroupaient au portail et je n'avais pas remarqué que la cloche du village, assez loin donc et qu'on entendait peu, venait de se mettre à battre pour nous accompagner tout du long du cortège, qui la rejoindrait sous l'église.

Dans le train du retour à la nuit, par chance encore un de ces anciens wagons à compartiment, je pousserais à fond le bouton pivotant du chauffage vers ce thermomètre rouge symbolisé et contre la grille à air pulsé dont le métal finissait par être brûlant. Je n'avais pas été à tant d'enterrements pour en savoir déjà les enchaînements et rituels, à La Roche-sur-Yon déjà, assis dans la grande salle du buffet de la gare, avec cette radio qui continuait, je trouvais sans cesse à rajouter à ce qui déjà ne me revenait qu'en blocs disjoints et détails agrandis prenant soudain toute la place (peut-être les bars sont-ils de toujours faits pour ces exercices de la mémoire qui patine, pour le seul isolement peut-être de soi-même à son corps, les mains dont on ne sait pas quoi faire, sur la table, une fois la tasse de café ou la bière vidées). Les huit pompiers en képi étaient repartis encore une fois, la bière était toute seule au milieu de la cour sous le grand drap aux ornements brillants. Ils avaient rajouté aussi, aux quatre coins, montés très haut sur des manches à balai noirs, quatre énormes pompons genre Océdar : dans la maison ils avaient donc oublié quoi, un second mort ou son double (l'impression, certaine à ce moment-là, qu'Alain était avec moi, que tout ça nous le regardions ensemble) ? Le chien aboyait pour rien, le cou coincé dans sa chaîne, sans jamais arrêter. Et donc on attendait, se serrant comme on pouvait dans les vêtements que le vent transperçait. Ils ressortaient maintenant, c'est les fleurs qu'ils étaient allés chercher. Quand ils repassèrent le seuil les gerbes sous les bras leur faisaient des ailes rouges. Et commençant la distribution par ceux qui étaient le plus près, la chance à ce moment d'être vers le portail, j'échappais : je ne me voyais pas promenant un bouquet. C'était le tour des femmes à devoir s'approcher, à elles on donnait les petites plaques, il y avait assez pour que personne ne parte les mains vides et même la photo au crêpe, le portrait de carton, fut du voyage.

Vous vous intéressez à la musique, me dit l'organiste.

Le témoin avait fermé un œil, et ouvrait au contraire l'autre plus grand que la normale pour s'apercevoir le fond du nez dans la petite glace au bout de son bras tendu, la tête renversée en arrière et les pendentifs des oreilles en fil à plomb qui tombaient jusque sous le menton trop fort, elle se passait sur les joues par petits coups un genre de coton rose. Dans son sac ouvert, un magazine couleur replié dépassait, le titre de l'article c'était : « Mannequin pourquoi pas vous ».

Je dis ça parce que moi c'est une passion, dit le petit homme aux dents gâtées.

Mais on était encore dans la cour à attendre, et encore une fois les pompiers étaient rentrés dans la cuisine dont la porte était restée ouverte, sans lumière pourtant à l'intérieur. La bière au milieu de la cour, les grosses franges du drap secoué par le vent et les quatre pompons noirs immobiles au-dessus d'elle, personne n'approchait, même pas ceux qui portaient les bouquets et n'osaient plus bouger.

Non plus les fleurs ni les plaques qui les avaient fait rentrer, mais l'alcool de politesse, un marc transparent dans ces verres minuscules : le bouchon qui crisse, le demi-verre rajouté sur le premier et les hommes les levant ensemble pour les vider d'un coup comme s'il s'agissait d'un geste uniquement fonctionnel et sans rien regarder ni sembler rien remarquer du goût, la mère maintenant un peu sur l'arrière et muette tandis qu'ils se relevaient et recoiffaient sur le seuil les képis raides d'être si peu fréquemment portés, s'essuyant la bouche d'un revers rapide de main.

Cette fois pourtant c'était la bonne, le père sortait lui aussi, s'arrêtant au bas des marches et, tête baissée les yeux à terre, se vissant son chapeau gris tout neuf. Un temps encore, un temps minuscule mais tout le monde dans la cour s'y accrochait pour le distendre, même le chien fit silence c'est vrai que les bêtes sentent, la sœur d'Alain une marche en dessous la porte et le père juste en bas, la mère enfin paraissant mais les voiles et le fichu tombaient droit sur le manteau, ne dessinant qu'une forme abstraite et rigide. Et puis, sa fille lui ayant pris le coude, ils descendirent tous trois ensemble en une grappe déplacée on aurait dit fixe sur son support, lent protocole qui nous incluait, spectateurs obligés, tant sont étranges ces moments, sans qu'on ait rien répété ni préparé, où un rite commande et qu'on se sent pris. La charrette s'ébranlant l'essieu recommença de grincer, le gravier crissait de nouveau sous les pas. Ils passèrent devant les parents qui ne regardaient rien, le gendre derrière eux refermait la porte de la cuisine à clé et c'est lui qui mit la clé dans sa poche.

Quatre pompiers aux brancards, les quatre autres se mirent en rang devant, tandis que quatre civils venaient prendre les cordons. Puis, tandis que les parents reculaient d'un pas pour qu'il s'intercale, ce portrait sur le ventre d'un cousin, les deux mains sur les bords du carton. Une femme vint, comme si tout cela se composait à l'envers, s'intercaler encore entre le portrait et la bière, cette fois avec ce crucifix sur un coussin pourpre, à glands jaunes, prêté par le curé sans doute puisque visiblement pas neuf.

C'est ce petit groupe qui partit d'abord, lentement, juste dans ce grincement de la charrette, comptant les tours de roue, le reste de la famille se rassemblant en grappe après les parents, le gendre et la sœur. Dans la rue les pompiers pivotèrent et tout le monde avec eux, on s'arrêta encore, face à la rue droite et dans l'immensité du marais, le bourg tout au bout sous son clocher, un entassement serré de maisons. À cet endroit il y avait beaucoup de voitures garées, qui nous faisaient pour commencer une haie de métal aux couleurs propres (la voiture du dimanche, des berlines surprenamment grosses et toutes neuves : il leur avait semblé indécent de paraître si le véhicule n'affichait que sa fonction de transport). On s'était déjà plus ou moins préparé, plus en paquets qu'en rang.

Les porteurs des bouquets maintenant se rassemblaient pour isoler encore mieux les parents du cortège, le silence était parfait, un temps et balancez : on démarra ensemble et comme d'un bloc. Le bruit de pieds, sur la route inégale, sembla soudain recouvrir le pays entier, un bruit venu de très loin en amont du plus profond exil ou d'une condition éternelle de l'homme, un bruit auquel nous n'aurions pas nous-mêmes contribué :

faute de musique funèbre on aurait préféré même les bouffées rauques ou dépareillées d'une fanfare puisque les mêmes uniformes auraient été en avant.

Tout cela est bien curieux, dit le petit homme aux dents grises en se servant de jambons et de pâtés : « On a toujours des rêves c'est plus fort que vous. »

Je connaissais finalement peu ce jeune homme, reprit un peu après Daniel, eh bien cette nuit-là je me suis relevé ça n'allait pas. J'ai regardé dans mes pièces et le garage. Rien de rien, que mes chats (j'ai des chats). J'ai mon orgue dans le garage, un orgue construit artisanalement à Angers rue de l'Abbé-Gruget vous savez, à ma dimension et celle du garage. J'ai ouvert la porte et je suis sorti, chez moi ça donne dans un champ et il y avait toutes ces étoiles. J'ai entendu une chouette et, tout au fond, sur une haie, j'ai vu une forme noire, qui courait. Que j'ai suivie des yeux, ce froid était très pur, on distinguait loin les ombres : une silhouette qui m'a semblé grande, plus grande que nature. Elle s'est éloignée en courant, sans se retourner, c'est tout. Je suis rentré dans mon garage et j'ai fermé la porte. Je me suis procuré peut-être le premier, dans ce département, une de ces boîtes à tambours : j'ai mis à jouer la boîte à tambours et je suis retourné me coucher. Et le lendemain j'arrive pour une réparation de quelque étui en bois. Ils venaient de reposer le téléphone, et se disposaient à partir sur l'heure : ce n'était guère le moment de parler de mon étui brisé (ils en voient de dures dans mon métier, continua Daniel). Alors il avait su quelle silhouette il avait vue la nuit précédente, affirmait-il : il s'agissait bien de l'heure exacte. Les vérifications je les ai faites mais que voulez-vous, ça fait mal d'en causer, et ça se passait à plus de trois cents kilomètres, précisa-t-il. Il était allé voir près de la haie : un endroit marécageux par ce temps d'hiver, où personne n'aurait pu courir, et ça ne lui est venu qu'à ce moment-là : comment il aurait passé ces barbelés qui limitent les champs, puisque mon voisin fait de l'élevage. Et c'est pourtant bien ce qu'a fait cette étrange forme, qui courait. Voyez-vous je ne leur ai pas raconté, pauvres parents. Je ne leur ai pas parlé de cette forme, et où vers l'ouest elle s'en allait. Au-dessus de mon champ on voit tourner le phare, je dépends de la Grande Bernegoue, rajouta encore l'organiste qui avait la manie d'emboîter chaque élément de parole pour décomposer à l'infini sans la rejoindre jamais la vraie réalité, disait-il (moi ce nom même de Grande Bernegoue me semblait un peu effrayant, rassemblant dans ses syllabes cette avancée d'un très vieux roc au-dessus des marais et de la côte, gardant intacts ses dolmens empierrés et les cercles creusés avec leur accompagnement de chambres funéraires dans la tourbe à ses pieds, landes à la terre jaune et à la végétation durcie, comme pelucheuse, jusqu'à la limite des dunes et cette frange de pins mêlés de chênes verts où tout cela tombe en vingt mètres dans la mer). « Je vous dis cette vision », continuait l'organiste aux mauvaises dents, et difficile de ne pas y penser à chaque phrase qui les découvrait, noires et irrégulières, « tout du long que j'ai vu courir cette silhouette le phare ne tournait plus : c'était un temps suspendu, je vous assure, qui dura tandis que là-bas cette forme enjambait la haie pour rejoindre je sais bien quoi. » Dans ces heures particulières, reprenait l'organiste, il suffirait à chacun de regarder au fond de son champ : mais en campagne de nos jours rares ceux qui observent la nuit, prétendait-il (le mal de la télévision, ajoutat-il en incise). Les gens ne portent pas assez d'attention à ce qui n'est pas simplement eux-mêmes, il finit. Et le petit homme aux dents noires inclinait la tête sur le côté avec un air satisfait que démentaient ses mains frottées nerveusement devant la poitrine, et me regardant fixement au travers de ses lunettes vertes. Je ne pensai même pas à lui demander ce qu'il en était de sa vue dans la nuit, il répondit pour moi : que sa maladie le dispensait de correction dans le noir, qu'en tournant légèrement pour percevoir sur la périphérie rétinienne sa vue nocturne était même pour lui rassurante, c'est le jour qu'il n'y voyait plus (mon visage même lui était flou, affirmait-il, des taches lui mangeaient la vue frontale et gommaient les couleurs), à l'origine il s'était mis à la musique pour savoir que cette maladie ne ferait que gagner inéluctablement : mais ce phénomène d'une vue latérale nocturne meilleure que pour la moyenne des hommes était pour lui un étonnant élément de confiance, et une compensation utile, il finit.

L'église s'appelle Toutes-Joies, c'était marqué sur les faire-part dans la cuisine, avec l'heure de la sépulture.

La place, trop grande pour ce qu'ils en font. Un grand carré de tilleuls chacun comme à prier le ciel de ses bras maigres. La rue s'y jette sans estuaire, droit comme elle y est venue, et de l'autre côté continue pareil, vers la mer à six kilomètres, avec juste sur l'herbe l'éminence usée du rocher de la Dive, la ligne grisée de la digue qui se devine. Exposé au nord, le poilu a du vert-de-gris dans l'entrejambe, ça ne donne pas très confiance. Son fusil d'une main et ses lauriers tendus de l'autre il lorgne toujours vers le bistrot, plus que vingt mètres à faire ça sera peut-être pour cette année. Le cortège à mesure qu'il passe l'angle de la place se brise et se refait mais plus large, s'amassant plutôt qu'il avance.

Pauvre et pesante l'église, toute simple parce que de l'ancienne nef romane ne reste qu'une moitié de transept, un contrefort épais et courtaud, écrasé par la reconstruction dans ces quelques années où à La Roche-sur-Yon la place Napoléon s'appela place Royale. Un porche de pierre lisse et un clocher prétentieux rajouté avec ses niches à corbeaux. Le prêtre en violet est sorti sur le parvis, deux enfants de chœur (qui n'auraient pas aimé dans d'autres endroits qu'on les traite d'enfants : l'aube trop courte laisse voir les chaussures de basket et la mobylette devant la sacristie appartenait forcément à l'un d'eux) approchèrent d'un pas pour lever au-dessus de sa tête deux croix sur de longs manches dorés, qu'à cause du vent ils n'arrivent pas à tenir immobiles.

Alors tout est prévu on dirait, le curé lève le bras et au bout d'une chaîne braque sur nous son encensoir, nous prend sous sa coupe et laisse bien sentir qu'il n'en pense pas moins : ce n'est pas un enterrement comme les autres, ceux qui en doutaient maintenant le savent, la mort attendez qu'on vous la donne sinon ce n'est pas du jeu. La fumée là-bas se balance, on sent l'odeur. La tête du bonhomme n'incline pas à la confidence, les toubibs font leur travail jusqu'au bout, lui on ne l'appelle qu'après : permanence à la maison de retraite et comptes du catéchisme, trois messes à enchaîner par roulement dans les cinq bourgs qu'il a en charge, même en Vendée curé ce n'est plus un métier. L'aspersion faite, le cortège entier s'était accumulé sur la place en hémicycle et la bière était là sur ses roues tout au centre, sous son drap à parements entre les quatre pompons noirs, les huit képis des pompiers autour au garde-à-vous (pour cette loi incrustée dans l'histoire qui transpose sur l'Église l'ordre militaire), le groupe alors comme frêle des parents, le gendre tenant la mère et la fille son père seuls en arrière du cercueil bien devant l'arrondi de ce qui était maintenant une foule et compacte, la cloche continuait de battre grave et toutes ces mains se relevant pour le signe de croix obligé ce fut un immense froissement dépareillé de manches, comme un très grand bruit de vent dans des peupliers, qui retomba.

La spécialité du pays c'est une peinture, le fameux transi de Gaston Chaissac à l'imitation du moyen âge. On disait que le peintre l'avait étalé couleur après couleur sur le mur avec les mains, en frottant, sans autre instrument, venu de Vix plus de deux mois d'affilée chaque soir à mobylette s'enfermer à la nuit dans l'église, suite d'une amitié développée avec le curé d'alors, rencontré à l'hôpital par le hasard de ces chambres à deux lits et l'entraide qui en découle. Une rareté, qui pourtant n'avait pu encore faire entrer le pays au guide vert : « Ce qui ne serait pourtant pas mauvais pour le tourisme », disait Alain, ce qui s'entasse à la saison sur de mauvais champs sans ombre par immenses campings près de stations d'épuration saturées comme eux et le faisant sentir avant d'être à nouveau livrés aux vents, la pluie et la grande beauté de l'hiver, tandis que les friteries et marchands de modes referment leurs rideaux, que les rues entières de villas redeviennent une sorte de musée morne de la propriété individuelle selon la décennie (ou la vaste nécropole de toutes les étroitesses de la représentation personnelle), que continuaient encore avec obstination les maçons occupés à dépecer les derniers mètres carrés de la forêt de pin pour le compléter. « La Tranche-sur-mer, ruban bleu de la côte de lumière sur les pancartes et dans les derniers restes de forêt encore des bulldozers pour leurs cases de ciment à vendre », disait Alain, comme l'organiste confirmait combien était triste le gaspillage de cette frange si fragile du pays d'eau et de la grande mer, ainsi livrée au pressurage de ceux qui s'y faisaient piéger aux mois d'été. « Je vais te présenter mon ami le transi », m'avait dit Alain (comme une dernière touche ajoutée à l'histoire compliquée du pays remontant au partage des terres entre abbayes et seigneurs, puis à cette longue guerre ici non pas une illustration de livre

d'histoire à l'école primaire mais une bou-
cherie aux ruines épaisses jamais recons-
truites ni gommées, dite de Cent Ans, dont
datait le nom Champ-Saint-Père et déjà la
même frontière implicitement reconduite à
chaque fracture ensuite de l'histoire, et que
prolongeaient pour leur bien personnel les
responsables politiques du jour, guerres successives mais dont jamais la percée n'avait pu
gagner ce marais rien moins que chouan).
Avant que le mariage s'y rende et pendant le
rituel des photos qui suivit la mairie, et
auquel par un reste de provocation il prétendait échapper, Alain m'avait emmené à
l'église, comme maintenant l'organiste m'avait
aussitôt demandé : Et avez-vous remarqué le
transi ? Ça vaut le déplacement, non ? m'avait
dit Alain. Une chose bien curieuse, répétait
l'organiste. Gigantesque d'abord, quatre fois
la taille humaine sans doute, sur une table
massive représentée par quelques épais traits
noirs à même le relief imparfait de pierre
brute, au fond arrondi de l'église un cadavre
nu : *tant de coups qu'ils ne font qu'une plaie en
son corps*, avait écrit en dessous le peintre (et
c'était répété en anglais sur une feuille tapée
au carbone, punaisée sur une planche de
contreplaqué à même le mur de l'église, un

peu en arrière, sous une ampoule installée exprès, qu'on allumait avec un minuteur). La peau distendue exprès marquait le squelette pour tirer sur des coutures ouvertes, qui bâillaient, le ventre ballonnant maigrement autour du flanc éclaté, dans un rougeoiement d'ocre transpercé d'étalements sable et de bleus profonds. À peine dégagé de son socle de pierre, accoudé sur un bras décharné, l'autre lancé vers l'arrière, par ces mêmes traits noirs où tout le talent du peintre se ramassait dans la symbolisation fruste de ses traits noirs, étalant de longs doigts secs jusqu'au rebord de la pierre où ils se crispent, le gisant déchiré étouffe en grimaçant le grincement de ses plaintes : *la bouche ouverte les dents aiguës*, avait écrit au-dessus le peintre, puis : *une image comme d'un homme furieux*. Un crâne gros, et ce sourire triste pourtant des gens de cirque que, selon la légende et comme ses crucifixions antérieures, le peintre se serait contraint d'effectuer avec la bouche pour s'empêcher de toute habileté et c'est cela qui aujourd'hui perdurait dans l'incroyable générosité de la figure : comme si toute la mise à l'écart et le silence autour du peintre dans son pays même tenaient à ce don ruisselant si contraire au siècle : on n'aime pas les cadeaux qu'on vous force de recevoir sans échange. *L'épouvante n'est pas pour lui,* avait énigmatiquement marqué le peintre sous le visage à la symétrie déformée, un large cerne autour des yeux conférant la distance d'un monde de plus, au-dessus de la barbe apparente à gros points noirs : Alain en me faisant faire le tour de l'église (que rien ne distinguait sinon) m'avait montré comment de partout, de son unique sourcil froncé, le transi de Chaissac semblait nous suivre. En avez-vous fait l'expérience ? demandait aussi l'organiste. Le projet initial du peintre et de son ami curé était de prolonger les figures sur le chevet entier de l'édifice, bien sûr on les avait vite empêchés de continuer. Et parmi ces silhouettes en transparence, juste ébauchées comme s'il avait d'abord fallu meubler la surface entière pour s'y reconnaître, avec des taches pourpres qui ne leur correspondaient pas, deux rectangles soulignés et festonnés, de chaque côté du transi, semblaient avoir cependant pris leur forme définitive d'assemblage, ce que confirmait la calligraphie cursive symétriquement répétée, d'échelle bien plus réduite et en rupture de la figure principale du transi, mais encore presque grandeur nature si bien qu'on aurait pu franchir le rectangle et marcher parmi elles : *l'enterrement* où se voyaient des tombes, des silhouettes droites et monocolores d'hommes et de femmes différenciés et rigides autour d'un catafalque à points d'or et pompons, et *horizon noir* de l'autre côté, sur ce qui en aurait pu être le cortège : traversant les marais reconnaissables d'ici avec la digue (on prétendait que Chaissac, décédé quelques années après la réalisation de Champ-Saint-Père, n'avait jamais vu la mer) et le rocher de la Dive, les mêmes silhouettes qu'à la figure de gauche maintenant à la file sous leurs épaules courbées, et un ciel violet sans bords.

Tout ce monde-là jamais on ne serait tous entrés, à vrai dire ça devait en arranger plus d'un : Je vous laisse ma place Mais faites donc Après vous je vous en prie, à mesure que l'église avalait le cortège en bon ordre il se dissociait pour s'étaler en flaque sur le parvis. En fait, les femmes entraient et dehors restaient les hommes, la division se faisait toute seule, et bien simple (« Un enterrement vaut une bonne foire, c'est ce qu'on dit toujours », j'entendrais plus tard du représentant Citroën de Luçon, qui avait fait le déplacement).

« Bon, catéchisme communion j'y ai passé comme tout le monde, le bulletin de baptême c'est d'office et votre avis on s'en passe : des simagrées, leur Bon Dieu et le reste. » Ce mot simagrées on l'entend peu, je me rappelais donc avec précision des paroles d'Alain. Que moi aujourd'hui je ne rentre pas ce n'était donc pas lui manquer de respect, mais de se retrouver dehors autant de mécréants ? L'organiste au repas mortuaire, avec ses mauvaises dents mastiquant du jambon-cornichons, les désapprouvait : « Sait-on jamais ce qui vous attend de l'autre côté, il répondit, si ça ne console pas ça aide à surmonter. Jouant le dimanche à la messe de Champ-Saint-Père je peux vous affirmer que c'est avec émotion, il continua. Mon père soignait, et enseignait cette manière d'utiliser l'orgue pour détourner les soucis de ses patients pendant qu'il remettait leurs vertèbres (je lui dois ça, précisait l'organiste), une école de la souffrance acceptée et détournée dont l'art s'est perdu, lui-même pratiquant de routine la clarinette aux convois et cortèges. » Et l'organiste pourtant pas plus âgé que moi prononçait *clairinette* selon cette manière encore de la tradition : « Nous savions des techniques que le monde a reléguées et qui maniaient tout aussi bien, continuait-il, les peurs et les tracas. » Il s'était interrompu un instant et ç'avait été comme pour vérifier que cette fille en face encore à se repoudrer ne nous écoutait pas : «Sait-on, il n'y aurait pas un fond de vrai dans tout ça, jamais ce n'aurait tenu si longtemps», dit-il, pensant : autant faire les choses comme elles doivent l'être, tout le monde y trouve son compte. «Puis on a simplifié les formalités, finit l'organiste, en guise de confesse l'apéro chez le curé trois quatre fois dans sa vie on peut bien.» Il n'y a plus guère de rebouteux, répondit-il à ma question, les gens d'ici se rendaient au Poiroux chez une femme qui *remettait* aussi les moutons. «J'ai pour vivre mes trois élèves du mercredi (plus un cours de solfège à Saint-Michel-en-L'Herm c'est une tâche noble et gratuite), dit l'organiste, et comment leur dire que la musique au fond vient d'une bien autre nuit. Quelques notes accordées un quart de ton plus bas, monsieur, on change bien des choses. Le même air joué maintenant à la messe servait autrefois à calmer ces gens qui rêvent trop et n'en dorment plus», continuait l'organiste avec des airs de mystère, sa bouche ouverte sur les incisives noires.

Enfin forte tête plus l'ongle, à l'eau le

quant-à-soi, ne pas assister à l'office du mort ne proclamerait rien. La vraie messe était dehors : combien de temps ça durerait leur machin, soudain je m'étais senti désœuvré. Heureusement à l'abri du vent ici, et le soleil de onze heures s'était enfin décidé à briller clair : « Ce sera étale de mer haute, avait dit le maire dans le cortège, on aura une heure de beau. Mais ça pourrait faire de l'eau après. »

La cloche grave continuait, cela avait commencé dès avant la mise en place du cortège, avait scandé le chemin comme le lourd gong d'une danse rituelle pour accompagner la procession, évinçant pour nous tout ce qui aurait pu rester de bruit dans l'air hors ce qui y soufflait de vent. Une seconde plus aiguë, qui semble désaccordée et à contretemps, avait rejoint la première, elles se mettaient à l'amble lentement avant de se redéfaire à nouveau.

Le cercueil c'est le gros bout qui est devant, et le cortège amassé à ce coin de place devant l'église en laissant devant lui un vide, continuant d'avancer quand même mais comme on remonterait en sens contraire une sorte de trottoir roulant dont la cloche grave faisait vibrer le tapis de fer sous les pieds. Et d'aussi loin première aspersion, le curé a lancé son filet et dans l'unisson des cloches le tapis roulant est reparti dans le bon sens, emmène la carriole, les pompiers et nous avec. Les marmottements du curé avec son encensoir sont rodés, faits et refaits mais il s'interrompt et vient raconter bas quelque chose aux pompiers et le plus petit, celui qui tout à l'heure avait les draps et là se retrouvait devant, ne se retenait pas de repousser son képi vers l'arrière, ça devait être bien dur à comprendre. Le curé faisait des ronds de coude et cette fois oui, les roues couinent et le brancard pivote : les pieds devant, c'est comme ça qu'il entrerait à l'église et en ressortirait, le copain. Avec le transi ils se croiseraient tête-bêche, l'un sur son socle nu de couleurs, l'autre protégé par son étui capitonné, et l'autel Alain le verrait par en dessous son menton, c'était comme on vole dans les rêves, la tête d'abord et sur le dos.

III

Ô faut pas s'occuper des affaires de les autres : le sifflement de l'appareil du goitre sembla enlacer tout le groupe à la fois et nous traverser tous, les mots repoussant à la fin sa respiration rauque amplifiée elle aussi par le grognement métallique. Un grand malheur, avaient dit les parents, futés qu'ils étaient : personne n'avait rien pu en tirer de plus.

L'étole et l'autel, l'encens et cette lenteur, l'odeur et le rythme de tout ça venaient jusqu'à nous comme d'une geste immémoriale, l'office allait commencer et le vent sur la place tirait des accords aigus des fils électriques.

Ô l'est bé triste, ô l'est tout, souffla un homme à casquette, un mètre en arrière du goitre.

Les gens dehors bougeaient peu, ne faisaient pas encore groupe mais n'osant pas trop s'écarter, peut-être quatre-vingts on était devant ce porche tassés dans un carré qui ne faisait pas dix mètres de côté, où il aurait fallu se faufiler pour passer.

Ô faut pas s'occuper des affaires de les autres, seul le ton avait changé quand le petit grillage rond de Marineau, qui n'arrivait pas aux épaules des autres, reprit sa phrase, les yeux de l'infirme roulant d'autant plus sur les mots que ses lèvres ne les prononçaient pas. Mais c'était le signal, maintenant qu'on y était ils ne repartiraient pas les mains vides, qu'on leur en dise juste un bout et ils se chargeaient du reste. Qu'ils parlent à coups de petites phrases et de silences ne diminuait rien, le sous-entendu aussi a ses grands prêtres et la langue bien pendue c'est d'abord une qualité d'homme. Poser une question non, jamais ils ne l'auraient fait, chacun s'y est formé (à force même d'être dressé à se rabrouer soi comme on le supporte des autres). « Bien à plaindre ça oui », dit le maire à mi-voix comme si la leçon devait être générale et suffire, son manteau chèvre gris détonnait sur les imperméables et vêtements sombres. « On clabote pas à vingt-quatre ans du jour au lendemain sans une raison, avouable on l'aurait sue », lança plus élégamment d'un jet une grande femme, la seule à être restée dehors, cela s'entendit et le goitre se retourna, dans une manière bizarre de tourner la tête plus vite que son cou troué :

Les morts enterrent leurs morts, répliqua violemment le petit grillage sur son coussin de gaze, loin en dessous de la bouche fixe de l'infirme. Cela ne collait pas vraiment, mais il ne pouvait pas répéter une troisième fois sa première phrase et personne ne voulut le reprendre.

« Des maladies il y en a », redit la femme, et c'est le maire qui enchaîna pour colmater le silence obscène, répétant ce à quoi s'étaient tenus les parents, à quoi il n'y avait rien à redire, malgré l'adverbe qui en renversait au bout l'évidence : « Un grand malheur, certainement. » Dedans on entendait des brassements de bancs (longs bancs de bois sur les dalles de pierre grise, la résonance des églises est bien reconnaissable), et puis cela cessa brusquement comme si tous s'étaient finalement assis en même temps, il y eut une vague de toux comme un ébrouement, qui cessa aussi (« Grande maladie, tout petit nom », ajoutait sentencieusement et plus bas la femme, qui ne s'en laissait pas démontrer). La double porte de bois capitonné par-delà le sas avec les réclames et les catéchismes venait de se refermer en claquant, il restait des gens debout et quand elle s'entrebâilla pour laisser passer un retardataire, qui coupa sans ralentir le groupe du parvis, on distingua dans la pénombre les imperméables tassés et les têtes découvertes, debout au fond de la nef et faisant barrage étanche.

« Qu'on dise le pourquoi ça enlève rien du malheur, tout ça c'est des drames », reprenait obstinément la femme.

Assez loin au-dessus de nous, par la fenêtre de la grande salle, mais découvert maintenant par la perspective du vieux rocher qui était le premier appui autrefois du village, ce fameux bâtiment clos : une tentative d'exploitation industrielle de plancton (sur une culture d'algues vertes accélérée dans des bassins plats sous des lumières violettes artificielles) par pompage depuis les nappes phréatiques salées. L'entreprise avait capoté et le haut bâtiment, visible à quinze kilomètres à la ronde, avait été racheté par une fondation locale pour honorer, tout près de son transi méconnu, le peintre Chaissac. Mais le musée n'avait pu encore ouvrir, de trop d'obstacles accumulés pour le transfert des œuvres. Y avaient pourtant déjà été installés, en dix ans d'efforts et tractations, l'intégralité presque de ce que le peintre appelait ses « géants de muraille », murs de pierre et ruines de ciment un à un démontés, transportés et restaurés, dans la vaste coque de métal gaufré, géants dans le noir, une cinquantaine paraît-il, que personne ici n'avait jamais encore pu visiter (cela dure aujourd'hui).

« Une fierté de la fatalité, élu des puissances on s'en vanterait presque », disait l'organiste, d'une voix à peine modulée, avec cette insistance si déplaisante de ceux qui vous regardent de telle façon qu'on n'oserait pas ne plus les écouter, comme s'ils ne supporteraient pas que ce qui leur occupe la tête ne vous soit pas un monde aussi entier (et je voyais ses dents grises) :

« Et puis ça se calme, on est seul le soir à pleurer. Pour chacun d'entre nous sur terre ces dures séries, il reprit : raboté par la vie croit-on, il faut tenir dans les bals quand même le compte exact des valses prévues. » Le deuil et les ennuis fiscaux qui s'ensuivent, m'expliquait-il en laissant des silences entre les mots, où il me regardait par en dessous comme d'une suspicion : « Je n'ai pas la télévision, monsieur, je n'ai pas voulu, et tire seulement de mon orgue les images colorées dont tout homme a besoin pour son âme. Après les coups forcément le temps étale d'un plus grand calme, il faut tenir et attendre. »

Puis s'engrènent les jours, dit encore l'organiste qui me forçait à l'écouter, parlait trop près, juste devant ma figure (alors que trop d'autres paroles continuaient de cogner aux parois énervées du crâne, qu'il faudrait longtemps pour que tout cela dedans se taise) : « On se durcit, une routine vous porte à travers les petits soucis. Certains butent et basculent, où vous-même venez de réchapper : savoir seulement lequel des deux chemins est le plus enviable, de durer ou cesser ? On pense à cela la nuit, sous la lumière balayante du phare. On va au bout de son champ, on revient, on s'enferme et puis on n'y tient plus : sur la lumière du phare on lancerait des cailloux. » Je remplis à mon tour son verre et le mien (on venait de nous amener du Mareuil).

« Aujourd'hui qu'il n'y a plus de légende, et que chacun croit devoir réinventer celles qui l'aident », il reprit. Il assistait à trop de repas collectifs, disait-il, où les hommes ensemble trop souvent s'abaissent : « Mais convenez que c'est peut-être par contraste et à force de vivre seul, et qu'il est triste de se cuisiner une conserve après la route du retour en pleine nuit. » Ou bien parce qu'on est tous un peu à soi-même son acteur de cinéma préféré, continuait le petit homme aux lunettes fumées (« Remarquez bien que j'aime peu le cinéma, et n'y vais pour ainsi dire pas malgré les facilités et programmes de celui de Luçon, estimé par-delà le canton », précisa-t-il encore).

« Une aurore se lève dans l'âme, on se sent tout remué », disait le musicien du samedi, en mangeant. « Toute cette pompe quand elle se déploie pour vous personnellement, bien sûr que vous le sentez passer. Et c'est dans les églises comme celle-ci, les plus pauvres, que ça impressionne le plus. »

C'était une expression d'Alain, parlant de ses départs en mer : « En vous-même une bête réveillée, qui s'étire. » La dernière bouée virée d'un port, disait-il, et plus que le large infini au-devant de soi (« Peur de bien d'autres choses, mais de la mer jamais », il disait). Savoir quelque chose en soi renaître sans quoi, disait-il, les hommes ne seraient que des mannequins corrects : ramenant parfois, après une de ces courses qui finissaient loin, un de ces bateaux nerveux et capable de planer dès qu'une vague les lançait : l'impression de glisser, insistait-il, et qu'on domine un instant le monde. La peine que c'est ensuite de se réhabituer aux trottoirs.

« Des chambres d'hôtel étroites, entre des cloisons de papier, et qu'on voudrait respirer par ces grands souffles qui soulèvent la poitrine », continuait l'organiste, dont je n'avais pas écouté le début (et attirant de nouveau à lui le plat des rillettes) : « La ville qui n'est plus un cadre suffisant pour le rêve des hommes », finissait-il en entrouvrant à peine pour parler les dents gâtées qui semblèrent un instant projetées en avant de ses lèvres étirées. Qu'il n'avait pas les yeux très bons, continuait-il derrière ses verres fumés : « Le rêve était profane, il a manqué, reprit-il. Je suis revenu vivre ici, et c'est ainsi qu'on réapprend à regarder le soir quand il tombe : de grandes forces sont toujours offertes, qu'on ignore. J'ai un prix pour les célébrations nuptiales, puis ces samedis soir et leurs bals me suffisent pour vivre : qu'a-t-on comme vrai besoin ? Se dépouiller fait du bien : austérité sommaire qui vous est favorable. Et, faute de voyages, la liberté de se mouvoir dans ces musiques un peu comme on nage. » Qu'ils bénéficiaient ici de cette *brise savoureuse d'océan* (c'étaient ses mots) le dispensait d'une envie trop grande de *s'évader* : «Voyages qui ne sont plus qu'un loisir commun, de l'aventure juste une écorce, et qu'on paye.» Lui préférait son garage, et cet orgue dans la nuit : «On franchit les lignes parallèles, on gagne conscient ce qui semble livré à la seule faveur du rêve» (tel est le prodige de cet instrument, où les pieds mêmes sont requis pour actionner les registres et faire lever ces basses géantes sous le chemin d'harmonies, prétendait-il aussi). «Mais pour les funérailles je ne demande pas, et même parfois refuse ce qui me reviendrait du panier de la collecte : à chacun sa conception de son devoir sur terre, j'ai aimé à me considérer parfois comme un homme des adieux. Une cérémonie, demandez Daniel, fête, banquet ou mariage, exigez Daniel et son orchestre, je dis toujours.» On a devant soi ce bois brillant du catafalque à nu, ajoutait-il, («Nos harmoniums de campagne souvent à moins de trois mètres, placés avec un léger décalage dans l'axe même de la nef») : l'illusion que le corps dans sa caisse serait capable peut-être de sentir cette musique qu'on lui donne par les doigts, tellement belle qu'il ne peut en être autrement, et jouée comme on parle, «ah monsieur le miracle de l'orgue, prendre enfin le temps d'ignorer le monde».

«Bien à plaindre, ça oui», répéta le manteau de chèvre du maire, un peu plus fort. «Ça vous tombe dessus comme la misère sur le pauvre monde», reprit-il en écho. «Comme la vérole *sus* le bas clergé», dit la femme en sifflant. Mais les parents étaient restés «allusifs», c'est le mot qui s'employait maintenant qu'ils parlaient tous en même temps. Avec plutôt plus de détails que pas assez, mais dont aucun n'expliquait rien : «Même à moi on n'a rien dit, la commune n'avait pas à s'occuper des papiers», dit le quincaillier-maire. «Parler c'est de l'honnêteté c'est tout», reprit la femme, la cinquantaine annoncée et son bras accroché à celui d'un homme imposant et grave, qui semblait chaque fois acquiescer.

«Chacun voit midi à sa porte», le maire essayait de calmer ça faisait partie de ses fonctions. «Chacun trempe sa soupe, pas toujours à l'eau claire», lança encore la femme en expirant fort (elle avait une cigarette à la main).

Ils disaient sépulture : Aujourd'hui il y a sépulture, C'est sépulture au fils Untel, sans article. Pour l'émotion : Que ça vous arrache

le cœur, ça vous abat «les morals». Bonne
volonté pourtant de reste : On voudrait tant
leur aider. Puis le mérite : Des gens qui ont
du mérite, ou bien : Des gens qui ne méri-
taient pas ça qui leur arrive. Encore : Des
gens malheureux, des enfants de misère. Mais
aujourd'hui pas grand-chose de tout ça ne
collait sauf peut-être, puisque je l'avais déjà
entendu trois fois : Des gens qui ne se sont
pas soulagés, ils sont bien «marturis». Ou
ceux «qui courent après leurs malheurs». Et
ce mot revenait, qui s'était détaché de son
verbe pour incarner toute la seule couleur
mentale de meurtrir : je retrouvais en un
matin toute cette langue (implacable communauté sur soi qu'est le patois d'enfance et
la déformation de syntaxe qu'il induit, longueur des voyelles et leur lourdeur, huile-
ment par les consonnes soufflées, élisions).
Un bruissement désormais dans ce vent desséchant de nord sur la place au bas de son
monument, la messe commençait.

C'est autour de Bossuthe que le cercle lentement se fit, il en profitait. Pour une fois
qu'on l'entendait à ses demi-mots, que personne ne le faisait répéter ou manifestait
l'écouter par condescendance ou politesse
pressée, oui il en rajouterait. Et de reprendre :

Rigne rigne, homme si séait hier, pour chaque fois par sa phrase rameuter ceux qui ne l'étaient pas encore, la promesse était faite, il raconterait quelque chose au bout. Même avec la rigolade qu'il promène depuis vingt ans aux fins de banquet il n'a jamais eu tant de succès, ah bien il leur ferait voir, ce n'était pas homme à se presser : *Rigne rigne homme si séait hier…* Une confidence se mérite et s'attend, s'il est implicitement convenu qu'il parlera au bout, pas de raison de marcher trop vite, c'est ce parcours qui compte plus que l'information qu'il retient encore, rajoutant pour les entretenir en confiance un nouveau détail mais revenant aussitôt à sa position de départ : *Rigne Rigne* répétait-il en prenant l'air affolé ou tellement malheureux, et les quatre-vingts restés devant l'église l'entouraient maintenant, le maire et cette femme à cigarette et mari compris. Et transparaissait soudain la communauté de silhouettes et de traits, ces figures rondes et courtes des gens du marais (ce qu'on découvre sur leurs faces pour le porter dans ses traits à soi, comme habitués pour s'accrocher à la terre de s'épaissir encore), tandis que Marineau le goitreux, juste sous le menton de Bossuthe, le relançait encore une fois : « Alors ils t'ont téléphoné à toi ? » Il s'avance d'un pas, après lui les emmène sur la place vide, où seul le poilu les précède et où on retrouve ce grand vent qui nous gèle : «Dring dring ah oui le téléphone il s'en souvenait», ce n'est pas si souvent que l'appareil chez lui sert, on le décroche pour prendre les rendez-vous administratifs ou plus souvent médicaux, le dimanche pour la famille quand il le faut et on sait en général qui appelle quand ça sonne, vocabulaire codé selon l'heure et le jour. Là il avait dû, avant de décrocher, une fraction de seconde, interroger le plastique avec réprobation ou reproche : sachant aussi d'avance la surprise qu'était pour des interlocuteurs impromptus de se voir répondre par la voix à la fois hachée et soufflée du bec-de-lièvre : «Je revenais de mes lapins», affirme-t-il, et ses yeux regardent loin en arrière du groupe et par-dessus eux tous pour leur montrer encore la gravité de ce qu'il apprenait et la figure que ça lui faisait, à cette voix dans l'appareil qui l'avait, lui Bossuthe, élu pour messager, et ce qu'il devrait fidèlement répéter, et les ménagements qu'il devrait prendre.

Et mimait comme d'abord il n'en croyait pas son oreille puisqu'il faisait le geste de passer d'un côté à l'autre l'écouteur pour se faire répéter, marmonnant quelque chose, insistant en nous le redisant : « Ça alors, ben merde alors », comme ça lui était venu et qu'il n'avait pas pu en dire plus, avec l'accent cela signifiait suffisamment. Il s'est découvert et tient sa casquette à la main, retournée comme pour y recueillir quelque chose, commentant maintenant : la ville et les fréquentations, on a de la peine à le suivre, sur la grand-place il avance et le groupe suit. Autour de sa vieille tête les cheveux blancs qui lui restent semblent très fins, éloignés du visage plus par un magnétisme que par ce vent qu'on a en face : la jeunesse et le courage, il brode, lève à moitié les bras en parlant de l'habitude du confort et de la guerre qu'il a connue (« la bonne qu'il leur faudrait », reprend en écho le goitre mais ce n'est pas cela que l'autre attendait pour le confirmer sur son chemin) : sa casquette le goitre l'a ramassée et lui tend à l'envers, maintenant autour de sa tête une lueur ou comme un halo dans le jour gris l'illumine. Il a quitté aussi ses chaussures et devant tous ces hommes marche pieds nus sur la place vide, aux platanes sans branches et juste ce nœud obscène chacun en haut du tronc, à mesure il lève haut les bras nous on suit. Soudain ne touche plus terre, ses pieds flottent à ras du sol et continuent en vain le geste de marcher, nous tous arrêtés tandis que l'imprécation monte : les Russes et les Arabes, haute morale tout y passe et chaque fois c'est de quelques centimètres que devant nous il s'élève tandis que le goitre dessous reste bouche bée, qu'on se serre en cercle et qu'il bat des jambes pour échapper et grimper encore, les pieds nus trépignant à hauteur de nos yeux la femme à la cigarette le rattrape, il est là comme on nage pour remonter vers une surface à nous inaccessible, qui restons figés sur la terre battue au pied du monument aux morts, le retenant par son pantalon ou sa veste. La bouche sans palais ne fournit plus et il retombe prostré, le goitre le couvre d'un sac, on trouve de la cendre à lui verser sur la tête, son crâne nu reste penché et c'est d'une voix toute petite et fragile qu'il redit *Rigne rigne, homme si séait hier,* oui comme si c'était hier il se souvient aux mots près du coup de téléphone (son fils Roger, qui l'avait appelé : un dessinateur industriel qui lui aussi habitait la ville et qui était tout à l'heure dans la cuisine, puis devant dans le cortège, maintenant rentré avec la famille dans l'église), son crâne nu reste penché et sa grande mèche grise solitaire lui tombe sur le cou, tous on se rapproche un peu plus. Il était sorti, raconte-t-il, marchait droit dans la rue Longue (vers la menuiserie du père, l'inverse chemin de celui du cortège), traversait le bourg et ne répondait pas à qui le saluait quand ici le moindre passage en voiture pour chercher son pain est au moins ponctué de la main levée à chaque visage vu : «Même pas bonjour, rien», confirme-t-il, entrait dans la cour, puis dans la cuisine et demandant à parler au père. Le facteur venait de passer précise-t-il, ils étaient là tous les deux, le père c'était son habitude après deux heures de premier travail dans l'atelier, avant de partir en chantier, de repasser à la maison pour une tasse de café tandis qu'elle, qui faisait les papiers et la compta, dépouillait les quelques enveloppes et factures de fournisseurs. *Rigne rigne* reprend-il comme d'en avoir la tête brouillée, il n'allait pas lâcher son morceau comme ça, et sans qu'on l'entende dans tous ses détours mais va te fiche, avant qu'il ait rien dit (un cérémonieux dans l'attitude qui n'était pas son goût, et qui avait fait que le père se levait pour lui une plaisanterie en bouche) la mère avait tout compris, s'était écriée, «levant son tablier» précisait-il. Lui alors devant d'un coup ravaler ses préparatifs, transitions et la leçon qu'au téléphone son fils Roger lui avait faite, prononçant tout au plus le mot accident mais eux ayant déjà entendu bien plus par la délégation même du cousin et qu'on ne les avait pas prévenus directement, sa seule apparition donc provoquant l'enchaînement de ce qui allait suivre sans qu'il ait rien à dire, sauf ce numéro de téléphone à transmettre (mais c'était celui d'Alain, ils en disposaient même si depuis des mois ils n'avaient plus guère d'occasion de s'appeler, et qu'Alain leur jetait parfois à la face, lors de brefs passages, n'avoir rien à leur dire) et rappeler donc d'urgence. Tous trois très pâles, insistait Bossuthe, ah ça il s'en rappelait : l'émotion, dit-il. Une émotion comme s'il avait découvert ce jour-là, à ce moment précis, sinon ce que le mot désignait, la fonction que pouvait prendre ce que cela nommait? Enfin il embraya, ça lui était venu, dit-il sans réfléchir : «Allez je vous emmène», en oubliant de bégayer. Du coup ils y étaient partis non pas avec la récente voiture rouge du menuisier (garée près du fourgon, je l'avais vue, une voiture de fabrication allemande) mais avec la Frégate de 1949 qui lui reste d'un temps de meilleure splendeur et surtout parce qu'il ne saurait pas conduire autre chose et qu'eux (les parents) n'étaient pas en état de tenir un volant, même si sa Frégate depuis longtemps il ne s'en sert plus que pour atteler sa remorque et transporter, suivant saison, son motoculteur pour le défonçage de printemps, le bois de chauffage à l'automne et un chargement de fumier de cheval à l'hiver et qu'il n'avait pas fait autant de chemin depuis quand (« Des Frégate c'est qu'on n'en voit plus guère sur la route, de la belle bagnole pourtant, et qui dure »), s'arrêtant parfois pour ménager les durites disait-il sans faire grâce d'aucune étape et marchant dans son récit par circonvolutions chacune dépendantes comme si le fer central devait mener avec lui cette totalité nébuleuse d'associations, assemblant sans les lier des fragments interrompus de phrase dont la juxtaposition seule signifiait.

Et n'étaient revenus qu'à la nuit, parce qu'ils s'étaient perdus dans toutes ces autoroutes avec leur téléphérique (« Piriphirique » dit le goitre. « T'y connais rien — *to connissons ren' a tchu* », coupa bec-de-lièvre), ayant donc accompagné les parents toute la journée, les obligeant le midi à manger un morceau, juste un casse-croûte et un petit verre, un alcool blanc avec un deuxième « pour tenir, dit-il :

des moments comme ça il n'y en a pas beaucoup dans la vie d'un homme ah on se sent
petit ». Depuis n'en dormant plus, prétendait-
il (mais la séance de maintenant, et ses quatre-
vingts auditeurs serrés, le récompensant de ses
insomnies). Quant à ce qu'il avait vu là-bas,
« ce n'étaient plus ses oignons », et se taisant
brusquement. Il n'en dirait pas plus : ce qu'il
avait vu là-bas, derrière la porte, ne lui appartenait pas, en campagne on sait mieux
qu'ailleurs ces limites implicites du récit.
Après l'avoir épousssetée du poignet (un geste
automatique, ou pour seulement manifester
son obéissance particulière à l'autorité réglant
le ballet des hommes ?), il se recoiffa brutalement de sa casquette, arrangeant ensuite de
deux pliages successifs des doigts la visière et
l'arrière comme si cela aussi faisait partie du
récit ou lui ajoutait le définitif et ancien
« finis ».

Ô faut pas s'occuper des affaires de les
autres, souffla à nouveau le goitre, convaincu
pourtant lui aussi qu'il n'était plus possible
de relancer la machine des aveux : *Rigne rigne,
homme si séait hier*, souffla Bossuthe à peine en
chuchotant cette fois. Et parce qu'on a compris que cette fois c'est sérieux les groupes
aussitôt se défont avec la première tension,

on réentend le vent et là-bas, devant le monument, des feuilles mortes changent brutalement de place. Un camion semi-remorque
livrant des parpaings, qui passa sans ralentir,
grinçant dans le virage, étouffa de plus toute
velléité de se faire entendre.

«À vivre seul on a des visions soudaines
dont on ne sait pas si elles sont forcément
votre richesse, disait l'organiste : Surtout souf-
frant comme moi d'oppression cardiaque», il
ajouta. C'était au terme d'un autre rêve,
approchant d'un haut miroir à cadre doré,
qui lui renvoyait effectivement son image :
«J'étais face à une silhouette très grande,
d'une incroyable séduction.» Alors, dans le
champ même du miroir, il découvrait une
porte, barrée par son reflet, et une pièce qu'il
distinguait maintenant nettement : une pièce
cimentée dont il était manifeste qu'elle ne dis-
posait pas d'autre issue. Il lui avait semblé
alors, au contraire, sortir à reculons de cette
silhouette dans le miroir : «Nous nous res-
semblions si peu. Une calvitie duveteuse, mais
c'était bien mon crâne.» Et cette dissem-
blance à l'intérieur de l'identité était paraît-il
terrible à subir. Il était face à des yeux obliques,

très larges, deux feuilles d'un vert intense de métal, collées seulement sur un visage sinon indistinct : «Des yeux qui permettaient une vision presque panoramique, globale», qui concentraient toute son attention et lui faisaient peur, dans un immense et brusque sentiment de paralysie. La silhouette était plus grande et plus large que lui-même, occupait tout l'encadrement de la porte mystérieuse. Alors, comme en rassemblant une haine dont il se serait cru incapable («Immense force qu'on aurait en réserve toute prête, mais qu'on ne maîtrise qu'en rêve», dit-il), il avait repoussé soudain cette image devant lui pour se voir tirer, par une manière stupéfiante de glisser, disait-il, vers une porte latérale. Et dans le moment même où il parvenait à repousser la figure de rêve, pris d'un sentiment terrible de manque : l'effrayait la certitude parallèle qu'un arrachement suprême avait été à sa portée, que la même force haineuse qui l'avait aidé aurait pu, autrement tournée, le confondre pour jamais avec la figure du miroir. «Un territoire inconnu et libre s'ouvrait, c'était la première fois de ma vie», prétendait-il. Cela, qu'on cherche en aveugle à construire, pour passer avec un jour la porte interdite, il continua. «Il faudrait la

117

décision de se quitter soi-même aux frontières des possibilités du rêve, finit l'organiste : Décision qui elle-même ne pourrait être prise que de l'intérieur du rêve. » Je ne lui demandai pas si ce qu'il nommait sa figure de rêve avait aussi des dents gâtées et des lunettes vertes. Alain, je m'en souvenais bien, parlait de ces heures « une fois tombée à la mer l'énorme boule rouge du soir », quand avant l'été la lumière n'en finit pas de décroître sans que s'installe encore la nuit, qu'on dirait que tout contribue alors à freiner l'étrave et résister à son avance, qu'on pénètre non pas l'eau salée mais une matière râpeuse et solide, que le vent même a cessé et vous englue : « Sensation qu'une autre silhouette que vous-même tient la barre à votre place, plus grande que vous, plus lourde, et l'étrange impression, un moment bref, mais sur tout l'horizon à la fois, de voir bien plus loin qu'à l'ordinaire et dans un spectre agrandi : les rouges sombres et les mauves profonds qu'on découvre comme, à la lisière du monde ordinaire, bien d'autres surfaces. » Cette heure singulière du soir, disait-il, dans ce vide soudain de l'après-soleil et le sentiment d'une immobilité géante, sur la mer vide : « Heure qui ne comporterait aucune pitié. On hésite même à descendre au carré

118

pour se faire chauffer une boîte, on a peur. »
Alain rêvait depuis longtemps de descendre
un jour vers le pôle, et près du Sud assister à ce
spectacle où paraît-il la réflexion des couches
basses, dans cette même heure étrange, multi-
plie horizontalement les soleils.

Cette saison d'avant Noël est un moment où
on se réserve, et les achats de toute façon ne se
font plus là. Le blé de printemps est semé et
fait déjà puissant tapis vert dans les champs
tandis que finissent de pourrir à côté les
vieilles tiges de tournesol. Les vaches restent
dehors, livrées chaque matin d'ensilage et
pataugeant dans leur boue noire en attendant
la livraison que bientôt on fera d'elles-mêmes.
Qu'il y ait autant de monde ce samedi matin,
où même ceux des usines étaient de repos,
n'avait rien de si étonnant : « À quelque chose
malheur est bon » j'avais entendu tout à
l'heure (mais à propos d'une simple panne de
voiture et ses adventices), et tout de suite
après : « Ça fera un bel enterrement » (il s'agissait d'une connaissance du monsieur, bien
vivante pour l'instant, mais qui sur les petites
routes roulait trop vite et paraît-il ne s'abste-
nait pas de boire).

Dans un monde où tout isole par le grand frai égalisateur on n'a plus tant d'occasions de se retrouver ensemble : rester hors l'église où maintenant on chantait était une permission, ils ne rapportaient bien sûr pas au moment et au lieu ce qui me paraissait à moi des énormités dites.

Mais ces phrases jetées, sans aucune volonté d'insolence, ne témoignaient peut-être que de ce qui, pour la langue et en elle, correspondait pour la ville aux rocades et aux Leclerc et l'espace que prennent ces zones d'entrepôts, le travail déqualifié qu'on y fait ou ici sur la côte à ces pavillons secondaires par centaines pareils dénudant l'étroit cordon de forêts, accolés de l'autre côté au remembrement des sols pour le dieu maïs à l'engrais, un laminage et une usure, territoire de plus en plus restreint du possible auquel on ne demande plus rien que de conventionnel : « On n'a qu'une vie », j'entendis aussi ce jour-là, à ce moment-là (cette femme à la cigarette) parlait seulement d'un voyage aux Seychelles organisé au printemps suivant par l'agence locale du Crédit Agricole.

On reconnaissait le praticien du bal et son art jusque dans les pompes de l'harmonium et les voix s'accordaient toutes ensemble pour un répons cent fois rodé qui marchait au par cœur, qu'on reconnaissait de loin aussi bien que leur mouvement de s'agenouiller au seul bruit des bancs et du froissement de vêtements. Une mort savante, une mort extraordinaire et quarante morts idiotes chacun avait son répertoire prêt, pour une fois qu'on pourrait en placer une ailleurs qu'aux repas de famille et, qui sait, peut-être à quelqu'un qui ne l'aurait pas entendue déjà (un même réservoir de mémoire collective, écrémé juste en surface par le pisse-menu des radios ou bonimenteurs de télévision), la rapide absoute fut le quart d'heure des paraît-il. Au-dessus de la porte de l'église on a accroché un haut-parleur d'aluminium gris, du même genre que celui qu'on utilise dans les manifestations mais le micro du prêtre ne marche pas bien ou alors il n'est pas placé où il faut, cela grésille par intermittence et c'est par intermittence aussi que sa voix d'un coup troue la grand place et empêche les autres de s'entendre *Pour ceux qui croient que la mort n'est pas la fin de tout...* Des bribes de psaumes glissent et filent entre les têtes, on ne sait plus très bien qui cause, du voisin ou des prières là-bas dites : C'est-y pas dommage un gamin de vingt ans Un malaise et ça suffit adieu la

vie *Malheur à l'isolé qui tombe* Paraît-il que ce
serait son rasoir électrique tombé dans l'eau
ou qu'il changeait une ampoule électrique
mort subite enfin s'il a pas souffert tu crois ça
Je suis compté parmi ceux qui descendent à la fosse
Là-bas les HLM on te connaît pas tu crèves
devant que personne lèvera le petit doigt Les
gens ils te marchent dessus t'es du carrelage
La ville on ne pardonne pas *Que sur toi le puits*
ne ferme pas sa bouche La fiesta tu parles il rentre
chez lui paf et trouve rien de mieux que la
douche froide c'est déjà arrivé le palpitant la
breloque recta et clac *Ce qui manque ne peut*
être dénombré Une histoire de fille là-dessous
qu'est-ce qu'il pourrait y avoir d'autre Trois
semaines après oublié le chagrin d'amour
Hisse-moi sur le rocher guide-moi Ouais il a retiré
son épingle du jeu le petit avant l'heure
Vingt ans ça croit tout savoir Croient qu'ils
ont inventé le monde Un gars qui vaut le cuir
de ses souliers pense à ceux qu'il laisse derrière *Je suis comme un homme sans force* Ceux
qui prennent la vie pour un hôpital Il pourra
même pas la regretter sa connerie *Parmi les*
morts en liberté pareil aux transpercés qui gisent Et
le cœur transpercé pour une mort de lâche
mon père a connu encore ça ne date pas de
si vieux à Poiroux c'est le vétérinaire qui sur

122

la demande des familles c'était légal avec une aiguille Et à ce qu'on dit que ce serait pas nouveauté chez eux l'oncle Celui qu'on a retrouvé dans sa grange le cou dans sa ceinture À ce jeu-là il n'y a qu'en ville qu'on se loupe *Mort j'invoque ton nom* Quand ça se fiche dans une famille c'est comme chiendent tu ne peux plus l'extirper *De vie à non-vie l'épaisseur d'un fil et nous sommes là qui t'aidons à traverser* Rue du Tréchin il avait tout prévu lettre au maire et lettre au curé le monument commandé voiture vendue et dettes payées l'argent il s'est bien débrouillé sur un compte au nom de ses enfants De la graine de misère *Oh viens finis ton dur chemin* Disant qu'il aimerait être mis à côté de son père qu'il s'excusait qu'il ne pouvait pas en faire plus c'était écrit comme ça un homme renfermé on ne peut pas dire orgueilleux à l'entendre parler il était heureux un garçon qui voulait s'en sortir ça vous arrache le cœur *Au jour d'apocalypse seulement elles hurleront comme chiens* Il a mis le feu à sa maison ça détournait l'attention tout a brûlé plus un habit c'était voulu pendant ce temps il se pendait dans le garage au Tréchin les gens ont vu la fumée sous les tuiles *Et les mains de ceux qui sont en enfer se lèvent, disent on te prend viens, les mains des enfers sont levées* Ils l'ont trouvé il était pas fini mais trop avancé Au marchand de caveau il a payé deux millions cinq le marchand a dit : Mais pour qui vous faites ça, il a répondu : J'ai un cancer tu parles Emmené dans une vie qui n'était pas celle qui lui convenait *Ah nous avions mieux auguré du pas de l'homme sur la pierre…*

« Mais pourquoi tu ne veux pas manger ça n'y changera plus rien », des trois filles en face celle qui du mariage était témoin finit par s'y mettre, d'abord du bout des dents et puis sans y penser à mesure qu'on acceptait de parler « d'autre chose » : le plat de rillauds était simplement vide. Quand un vin bouché remplaça les carafes et qu'on ouvrit la première bouteille, Roger Bossut, fils du Bossut bec-de-lièvre, dit à voix sonore : « Ah j'ai entendu un bruit familier » et personne ne récrimina, les parents en haut de table eux seuls ne disaient et n'écoutaient rien, on aurait dit, trouvant normale l'assemblée toujours refaite du cercle de famille et la bonne exécution du rite jusqu'à ce repas offert et partagé. « Un lapin-hochet je lui ai offert hier soir à Natacha, un lapin mais qui fait hochet. »

Radio les filles, commenta Daniel, l'organiste, dont j'étais heureux qu'il se soit tu, enfoncé on aurait dit dans un rêve. « Si c'est des gens avec qui je me sens bien ça va, sinon… » dit la témoin. « C'est que je la trouvais bien pâlotte en l'amenant chez la belle-mère ma Natacha » coupa sa voisine. « Moi j'aime la franchise on est honnête », continua la témoin : ces trois-là avaient manifestement l'habitude du temps ainsi éclusé ensemble où l'important était de dire. Le patron se penchait sur les gens tout près pour retirer les assiettes et les remplacer par des propres, les plats de poulet froid remplacèrent la charcuterie, pyramides de peau huilée et dorée avec encore au-dessus les petites têtes encrêtées comme scandalisées, si les circonstances voulaient qu'on mange froid ça n'empêchait pas les gâteries de présentation. Les voix s'embrouillent, certains crient presque pour se faire entendre (« Reste-t-y pas du pain là-bas envoie donc »), et l'assemblée se fait celle de juges : « Un panier percé je ne te dis que ça, insistait la témoin, ils auront vite mangé la grenouille, découverts et retenues sur salaires quatre fois l'an comme une seule », des gens qu'elle montrait du doigt à ses voisines, au bout de l'autre table : « Ça leur file entre les doigts, des trucs de rien, trente-six bêtises. Tu ne regardes pas les étiquettes mais quand tu ramènes le chariot à la caisse tu sens passer ta douleur, yaourt à boire fromage en tube ils inventent toujours du nouveau. » Buvez toujours vous ne mourrez jamais, dit Roger Bossut qui avait déjà profité de la permission : Plus de vieux ivrognes que de vieux médecins ou encore : Boire avant la soif jamais elle n'adviendra, bon vin ne peut faire que du bien.

Celle que je nommais la témoin était précisément sa femme, belle-fille du bec-de-lièvre qui là-bas continuait avec Marineau leur dialogue de visages parallèles : Les regrets faut pas les emmener dans la tombe avec soi, avançait le goitre, On y passerait sa vie, à regretter, approuvait bec-de-lièvre. « S'il s'en fichait pas éperdument, continuait madame Bossut fils, mais à la maison ça se tourne les pouces et pas de cervelle, ah quand tu les entends c'est de la pommade. Enfin, ça fera ce que ça pourra… » C'est pas la vie qui change, c'est le jugement, disait Marineau, Les si j'avais su ça sert de rien jamais, reprenait Bossuthe. Qui boit bien vit bien, faisait entendre son fils. « T'étais une bille, oui à côté t'étais une bille », disait la témoin sa femme à sa voisine, « Ah là tu frôles » l'autre répondait. Et t'aurais à recommencer tu referais ta vie pareil, on entendait de bec-de-lièvre, Le destin un point c'est tout, répondait le goitre, *Hun Oint Haie Houx...* «Ah la goulue doucement ma toute belle, doucement pour maman ! » Sur les genoux de la dame digne qui partageait sa vie avec Marineau, une serviette dépliée où son caniche mordait dans une cuisse de poulet servie entière, pourquoi se priver.

Devant l'église on restait à peine une dizaine, les moments de tout ça s'étaient enchaînés avec une telle précision parce que eux tous, visiblement, connaissaient d'avance le processus avec les durées, et c'était le tour du bistrot *Aux voyageurs* d'entrer en scène pendant que filait la messe.

La place est vide, sous l'arrêt des autobus une grande affiche avec deux vieux sous un parapluie, bonne mine et la joue rose «Protégeons leur sérénité» en grosses lettres blanches et le nom d'une banque.

Dès la porte franchie la buée vous tombait dessus, ils étaient debout au bar serrés et les verres passaient de main en main jusqu'au fond. Je demandai un café, coincé contre la machine à cacahuètes, distinguant d'où j'étais la grande salle où une fille s'occupait déjà à dresser le couvert du banquet. Un grand dans la soixantaine, bon teint et rosette, qui raconte sa journée : cet enterrement et puis un autre, vers Angles sur les deux heures (Le père Gorin tu l'as connu fin naturelle belle mort chez lui dans son lit c'est-y pas beau) et devrait rajouter sur le tard le vin d'honneur d'un mariage à Grues, n'aurait même pas le temps de repasser chez lui se changer, montrant cachée dans le complet une petite pochette de soie toute gaie : Tu soulèves, mariage, t'enfonces, deuil (Enfin vaut mieux les marier que les enterrer, répondait l'autre), Ah quand t'auras guinché toute la nuit le père a sera pu dans l'état (*Et p't'êt' el'bounhom' non pu guère*). Enfin tant qu'y a de l'allant, finit son voisin.

D'autres c'était le quarté du lendemain, le dernier de l'année il y avait surprime. Et que Noël cette année ce n'était plus si bon pour la volaille les villes sont pingres et puis ce qui s'importe d'Amérique en surgelé comme si c'était aussi bon pour un repas de fête : un qu'avait tiré les marrons du feu c'est Untel, son idée de se mettre à la pintade on avait bien rigolé puis tiens, ils n'en ont même pas gardé une pour leur réveillon, tout vendu et la famille entière à plumer jusqu'au soir, le chiffonnier de Luçon en avait remmené *trois camions, d'piume*, la discussion va comme aux jours de marché.

Et cul sec pour les derniers, une épaule levée plus haut que l'autre pour les trois francs du verre à déposer sur le comptoir sans reprendre la monnaie ils sortirent tous, j'étais là devant mon café trop brûlant pour être bu sans comprendre le mouvement : dehors la cloche avait changé le rythme du glas : ils connaissaient leurs horaires. Les premières femmes émergeaient lentement du porche et enlevaient leur fichu tout aussitôt. On n'avait plus l'humeur bavarde. Les pompiers attendaient près de la porte de la sacristie et fumaient des cigarettes. Les hommes avaient pris la file, et bientôt c'était le monde à l'envers : un long ruban défilait comme dans une horloge à poids. S'ils s'étaient dispensés de l'absoute, ils s'en allaient maintenant serrer la main des parents, tandis que ceux de la messe se retrouvaient à la porte.

« Et ma Natacha qu'est-ce qu'elle fait à cette heure-là », disait madame Bossut fils, tandis que son mari racontait : Pas plus tard que la nuit dernière, « aux Sourdiers », les deux mômes sur une mobylette et bien sûr sans lumière, revenant du foot et puis une voiture en face qui en doublait une autre. « Toujours la même histoire », répondait madame Marineau en tâchant de contenir le caniche qui, debout sur ses genoux, cherchait à lui lécher par-dessous le menton. « On est bon pour la messe encore une fois », finit Bossut fils. On m'a fait comme ça je le reste, affirmait plus loin son père dans ses soufflements sans palais, Coulant comme hérisson dans bas de laine, répondait le grillage métallique dans le cou du goitre, j'lui dis Jean-Claude où qu'tu vas chante ma caille. « Celle-là c'est une malade, disait la dame au caniche, moi aussi j'ai mes nerfs mais on peut garder le respect de la personne. » Les maladies on n'y peut rien, reprenait madame Marineau, sa tête gardant marque raide de la permanente bleue : « Mon mari en a fait une et mon fils aussi y a rien à y comprendre ça monte à la tête et puis ça casse tout c'est ça la dépression nerveuse », le caniche avait réussi à monter sur la table et manger les os à l'assiette, la dame lui massant le ventre des deux mains le chien se tortille sans cesser d'avaler : « Ah là là, ah celle-là quand on la tatouille on n'en finirait plus. »

La charrette à bras avait repris service et grincement, et on repartait par la rue perpendiculaire, le cortège bien plus mince maintenant, sans l'ordonnance de tout à l'heure.

Le bord gauche de l'église laissait un passage où d'abord on ne devinait pas d'issue mais par lequel on tombait brutalement dans une ruelle perpendiculaire en pente (marquée rue Coq Chou), des murs aveugles frôlaient de chaque côté les pompiers tirant la bière entre ses pompons noirs. On descendait par là sur les marais, la rue en courbe gardant trace de l'ancien parcours rocheux des côtes. En bas on bifurquait sur un chemin mal goudronné mais plus large. Pour longer d'abord la cour d'un maçon, avec devant les machines jaunes et rouillées des travaux publics, puis, derrière un long grillage, les cubes alignés de matériaux lourds, tas de parpaings et planches à coffrage, fers à béton, tas de sable et de gravier. Sa maison au fond, parce que ce n'est pas toujours les cordonniers les plus mal chaussés. Des thuyas essayent toujours de se rejoindre pour faire haie et le gazon est un peu trop vert pour être naturel, avec dessus les trois nains obligés de plâtre : chacun son dada, il paraît que le maçon les faisait lui-même. On pourrait croire qu'il a aussi son cimetière à lui mais juste c'est son stock d'avance, dans une vitrine de verre trois plaques de granit et les rehaussements correspondants, croix moderne, appuyés sur le mur au fond.

La Moulinette, le lotissement communal s'appelait comme ça, bâti sur des anciennes terres inondables : on fera le bitume aux beaux jours. Paradis sur boue ça n'empêche pas d'y découvrir les joies de la propriété : quatre-vingts pavillons fleuris comme ce sera joli, vue sur mer à six kilomètres sans un arbre, crédit total et sans apport personnel surtout pas : de grandes pancartes peintes sur bois le proclamaient, avec les maisons dessinées aux volets bleus, jaunes ou verts tandis que des enfants stylisés jouaient au-devant où nous on ne voyait que l'éraflure faite à la terre. Les maisons déjà habitées semblent se venger de quelque chose à se hérisser de clôtures en grillage et des linges déjà pendent des fils tendus derrière, les boîtes de plastique grises des compteurs électriques émergeant à intervalles réguliers des parcelles non construites.

Une poubelle sur roues et des entassements de cageots près de la porte de la cantine, l'odeur reconnaissable et aigre des repas collectifs, la maison de retraite vue par l'arrière : « Île de Céa » marqué sur la grille qui la refermait au soir, pour se parer d'un beau nom qui rassure. Le bâtiment était propret, avec des bancs pour regarder la route, et dedans des chaises vides, derrière la baie vitrée une grosse télévision qui continuait de fonctionner pour personne. Ce qui restait de mots dans le cortège disparut comme avalé quand on découvrit enfin son terme : nappe là déployée, un grand carré qu'endigue et contient un mur refait neuf en ciment gris découpant droit le marais, l'eau inondant les champs l'encerclant côté bas. Par-dessus la ligne de tuiles rouges coiffant le mur, les croix affleurent comme autant de points blanchis, plaque à plaque contre ciel plomb, hésitant entre neige et pluie mais s'alourdissant à chaque instant, donnant envie maintenant d'en finir vite.

Un portail vert de fer lisse, avec des écailles où paraît l'antirouille. Quelqu'un (garde-champêtre ou cantonnier communal affecté à ce travail) en ouvrit la porte juste comme la bière se présenta, comme s'il fallait pour cela attendre le dernier instant, que demander passage faisait partie du rite ou qu'il fallait ainsi marquer l'étape du franchissement. C'est comme un tapis roulant qui nous transporta tous de l'autre côté, sur l'espace gravillonné de l'entrée, où on s'arrêta encore.

Au banquet des chasseurs ça vomissait en dansant disait Bossut fils c'était ici même il y a huit jours, moitié plein c'est moitié vide passe ton godet, Viande saoule répliqua sa femme tu me rappelles papa. Alors je le vois arriver d'en haut disait sa voisine, je m'étais mise à la fenêtre on est au troisième il s'était pris le pied dans le trottoir l'alcool et bute dans les marches Remarque reprit la témoin boire un peu comme ça en se marrant un homme qui boit c'est une victime. Elle reprend Si tu ne le fais pas pour moi fais-le pour Natacha, quand j'entends la porte qui claque je sais comment il revient il se couche la fenêtre ouverte en plein décembre J'ai trop chaud il disait ça ne s'appelle plus murge ni biture ça s'appelle être malade Bossut fils Ce qu'il faut pas c'est les mélanges.

Un cimetière des noyés et des pendus on en voit encore les traces partout dans le pays. Au bord de l'autre, le principal, dans ses murs, ou enclos par une haie au passage étroit, que quelques cyprès isolent. Tout petit jardin sans croix ni monument, avec auprès des suicidés les tombes d'enfants sans baptême et c'est juste à la vieille trace dans l'herbe, quelques renflements dessinés encore qu'on les reconnaît (ce que les vieux disent aussi parfois, par ici, le cimetière des *innocents*, complétant de tel souvenir qui leur remonte depuis le haut du siècle en racontant deux petites boîtes en bois posées sur un landau qu'on vient doucement déposer parce que c'étaient des jumeaux et de trop petite constitution, qui n'avaient pas passé leur première semaine. On vous disait cela sans s'apitoyer et d'un ton naturel juste un peu grave, ajoutant que pour les reconnaître une boîte était rose et l'autre bleue, et comment ils avaient suivi le landau un matin, sans fanfare et sans messe, sans rien déranger, une mère et ses enfants parce que le père avait forcément sa journée de ferme la vie n'était pas si facile). Les suicidés c'était censé leur faire honte : plus question du pauvre homme en ce monde et tant pis, jusqu'il y a peu eux non plus n'avaient droit au nom sur la tombe.

Enfin, malgré qu'il en ait, c'est précédé des enfants de chœur et de la croix, avec les honneurs des képis et du village que Alain y entrait aujourd'hui, voituré entre ses huit pompiers et toutes fleurs derrière. L'allée centrale est en pente légère qu'on remonte, tournant le dos donc à la digue qui fait ce trait noir sur l'horizon que les fossés inondent dans une seule plaque miroitante, sombre comme le ciel, et face à nous c'est le chevet de l'église qu'on retrouve tout près mais douze mètres en élévation, sur un pan abrupt de calcaire. L'eau vient là dans la terre meuble, j'avais appris ce jour-là, et il faut déposer les morts dans ces caveaux étanches qui ressemblent à une baignoire en ciment, on avait l'habitude aussi de mettre une feuille de nylon sur les parois (et, ajoutait le fossoyeur, ou garde-champêtre ou cantonnier, en arrière du groupe, près d'où je me tenais aussi, avec de curieux effets de conservation des corps ici dans la terre salée prise à de si récents sédiments marins). Ou qu'ils se réjouissaient, les morts dans le sel et l'argile, du nouveau venu tellement le bruit des roues cerclées de fer de la charrette poussée à main d'homme sur la pente montante, ici où tout résonnait encore mieux par cet aplomb calcaire sous l'église, crissait sur le gravier comme de tout y broyer.

De trou frais il n'y en a qu'un, tout au fond et bâché donc de ce nylon, juste calé par des planches en travers. Le déblai est au bord, un tas ovale et renflé sous un même plastique transparent et rigide, maintenu par des cailloux. La pelle et la pioche n'avaient même pas été ramenées au petit atelier du fond, juste cachées derrière une croix voisine les manches dépassaient.

C'est haut et profond, une fosse vide, cela semble plus étroit que le corps qu'on va y mettre *on voudrait descendre, poser sa joue*. L'enterrement arrive à destination, le curé s'est retourné et lève les deux bras à la fois, on s'élargit comme tout à l'heure en hémicycle respectueux (la vieille loi à nouveau du crom-lec'h), plaques et bouquets à nos pieds, la bière au milieu et les parents devant le large vide en pente légèrement ascendante. Les pompiers laissent la charrette, et vont se placer tous huit en arrière du prêtre, de l'autre côté, enlevant leurs képis et les tenant à la main, deux ont les cheveux gris et le vent les décoiffe, tout le monde se sent obligé d'en faire autant et c'est le moment que choisit le temps pour changer : il se mit à pleuvoir, une pluie froide et obstinée, tenace.

Le prêtre parle maintenant, ou prie, on ne comprenait pas et à cause de la pluie chacun ne cherchait qu'à se protéger, en remontant le cou et serrant les bras : la cérémonie fut brève.

Les parents déjà s'éloignent, tête basse et nous laissant là, comme s'ils en avaient soudain assez de tout ça. Une allée redescend vers le portail en longeant le mur, c'est elle qu'ils suivirent, tous deux très près l'un de l'autre et côte à côte, s'arrêtant là-bas, silhouettes frêles et noires, près d'une de ces vieilles colonnes dites dans le pays, où elles sont courantes : lanternes des morts (et puis, un peu plus haut sur le talus pierreux, une drôle de maison rose qui nous reléguait tous dans l'ombre grise).

La première, une femme, a franchi l'hémicycle et marché sur le gravier, le prêtre lui a tendu le goupillon et le seau, elle avait aspergé dans la direction de la bière, sous son parement noir trempé de pluie, ses pompons au haut des quatre manches sans plus de gonflant. Et puis tous à la file, avant chacun de prendre ce chemin qui faisait le tour.

Les tombes, un mur et le ciel, rien d'autre

à s'occuper que ce qui se passe sous nos pieds dans cette eau du marais qui imbibe la terre, ou ce qui nous attend au-dessus de nos têtes pour ceux qui ont la chance d'y croire, l'enceinte enferme aussi la vue des vivants. Le goupillon tout le monde y est vite passé, la file s'est reformée, on attend. Plaques plates de granit, disposées par rangs de trois. On regarde, les croix les noms, on calcule l'âge du décès par soustraction, changements de siècle on saute la complication. On reconstitue les parentés par noms de tribu, le drame des guerres et les veuvages, les noms à rallonge et la façon dont ils s'attirent entre eux. Une chapelle étriquée, poussée toute en hauteur pour faire mieux que les voisins, une porte de fer rouillée et au fond les yeux d'un chat. Virginie Tricadeau Héloïse Foissin : des noms on dirait d'un autre monde. Et ceux qui pour faire riche s'enterrent sous de vrais frigidaires en marbre. Puis une curiosité : deux minces stèles au ciment fissuré et jauni, et du centre de chacun part un tuyau de cuivre, pont suspendu fragile avec l'ébauche de deux mains qui se rejoignent dans l'intervalle, avec l'impression que ça ne marche pas, qu'il y a erreur dans ce bras droit et ce bras gauche qui se font face, un peu trop longs comme si les tombes avaient dérivé : pour se toucher dans l'éternité on n'est pas à un poignet de travers près.

Cousin, Louineau, Perrot et d'autres. Quand on pense à tous ces cercueils, dit le goitre et je l'entendis, il était pourtant bien vingt mètres en arrière. Et toute la place qu'ils prennent, reprit Bossut qui s'était mis derrière lui. Quand on pense à tout ce bois perdu, continuait l'autre. Parfois des photos sur l'émail, l'air alors bien plus jeunes que les dates. Et monument vivant, on arrivait enfin à lui : d'un seul bloc ou pris sur un même socle, le gendre, la fille, la mère et son mari. Moins de cinq mètres à faire, et après cette file à écluser ils en doivent plus bien savoir qui les salue. Préparer sa phrase. Juste derrière eux un enclos de planches et le désordre des chrysanthèmes du mois dernier, pots cassés et armatures effeuillées. Et sous leurs pieds, la chape de ciment avec la trappe carrée à l'anneau au milieu qui, mal d'aplomb, cogne dans son bâti chaque fois que la file se pousse en avant d'un pas. Fin de bail, c'est là qu'on vous déverse, les concessions sont minutées et en ville la perpétuité ne vaut désormais que quinze ans, sous ce couvercle c'est là qu'on finit. Les yeux dans les yeux, perte irréparable il fallait bien dire quelque chose, un, deux, trois, et quatre. Mains moites, forcément, tout ce monde. Je finissais par lui : « Ah, l'ami d'Alain », répondit juste le père, son chapeau toujours à la main et comme s'il le constatait pour sa femme et non pour moi. Et un grand sourire lui vint, comme de bonne amitié, tandis qu'il lui pleuvait sur la tête nue : ce n'était pourtant pas le lieu ni le moment, je remerciai et m'éloignai. C'est alors que la mère m'invita à ce repas : « Vous savez, c'est seulement la famille. »

Il n'y avait plus rien à faire. Je me retournai. La bière restée là-haut nous tournait le dos, et sur le gravier des fleurs détachées semblaient ramper vers elle. Ces temps de bord des côtes sont bizarres, il pleuvait encore mais le ciel était soudain presque bleu et dégagé, un froid très pur semblait repousser d'un coup l'horizon noir. Le curé était avec les pompiers, cette fois à l'extrême bord de la fosse, et se servant de son goupillon pour des gestes au-dessus du trou. Et repartit aussitôt avec ses acolytes, les croix à l'horizontale et d'une main remontant tous trois leurs habits aux genoux pour enjamber les flaques. Une bourrasque fit s'incliner les cyprès, le vent perçait les os et le mort là-haut eut son poêle retroussé à mi-corps. Le parement noir glissa et vola trois mètres plus loin, un pompier courut le rattraper. Le bois verni de la bière brillait. Les gens après les condoléances s'éclipsaient, et les parents remontèrent lentement l'allée centrale. L'impression soudain d'être bien moins nombreux que le monde des allongés, égaillés entre les tombes serrées et se faufilant à pied vers le trou. Abandonnant la charrette sur ses deux roues noires, quatre des pompiers amenaient la bière à bout de bras pour la déposer sur deux grosses planches en travers de la fosse.

Ils disposèrent les sangles, quatre alors s'en saisissant des extrémités pour soulever, deux autres retirant les planches. Et la large surface vernie s'enfonça lentement, occupant tout le rectangle comme un ascenseur dans sa cage.

Sangle coincée il fallait bien, le pompier tire par petits coups mais ça ne suffit pas, un coup plus fort fit rebondir la bière au fond sans mieux réussir, quand il approcha du bord pour tâcher de se mettre à la verticale une grosse motte de terre se détacha pour éclater en bas avec un bruit de bois creux. D'un coup de reins le pompier a soulevé la bière, elle est de travers et dedans on entendit distinctement quelque chose glisser, je voyais la mère s'accrocher au bras de son gendre. Enfin ils ont l'idée de descendre, s'agenouiller sur le bois côté des pieds pour retirer la sangle à la main par l'autre côté, ça marche. Le pompier s'extrait de la tombe et renchausse son képi, de la sueur sur les yeux. Alors plus rien que la terre, et ce cercueil au fond, de biais sur le nylon, avec cette motte de terre éclatée. Le père, des fleurs à la main, se penchait tellement que la mère et sa fille se cramponnèrent à son pardessus pour le tirer en arrière. Le cantonnier s'allumait une maïs, adieu le copain, les maçons viendront lundi il faut bien reboucher en attendant.

On avait eu de la gâche au dessert, et un alcool sur le café. C'est le jeu du bourrelet, disait Bossut Roger, tous en queue et le premier dit : Je reçois le brandon et prends frère Untel pour compagnon. Le second attrape le brandon (c'est le verre), et jette la pièce dans le sabot au pied du tonneau.

Remarque Natacha je l'avais mise chez mes parents, disait la fille en face en mangeant une crème caramel, de ce côté-là j'étais tranquille. Je prends la voiture, retourne au réveillon, je tourne autour de la gare, des pochards tant que j'en voulais mais pas le mien.

Dans le noir, à l'autre bout de la pièce, le bruit de la rue La Fayette et les lumières perceptibles au panneau mansardé de la chambre. Alain ces semaines-là dans le plâtre encore (ce qui ne l'empêchait pas de parcourir sur ses béquilles des kilomètres à pied dans la ville), mais profitant de l'immobilisation forcée pour rester ainsi des heures immobiles, au sixième étage : à penser disait-il quand à la guitare électrique je m'obstinais à des apprentissages mineurs dont il se moquait, avec ironie même s'il y constatait ma maladresse (oui plus fort que moi, lui qui s'était brisé), racontant donc cette fois-là son accident sur un trimaran rapide, seul au large de l'île de Ré devant les passes de La Rochelle et toute une nuit pour la contourner, écoutes et drisses coupées au couteau (« Une chance que je l'avais sur moi, insistait-il, et d'avoir pu me sangler sur le banc de barre »), la grand-voile laissée à la mer derrière lui pour lutter dix heures d'affilée « par mer forte » disait-il seulement, les deux genoux fracturés. Comment quelques heures de surplace à contre du clapot avaient été cette nuit-là tellement plus qu'un océan traversé : « l'accès aussi à ce qui lui aurait semblé auparavant inaccessible» sans s'expliquer plus et n'en reparlant plus jamais (d'ailleurs c'est à cette époque que nous nous étions séparés, et j'avais dû repartir à l'étranger pour un contrat d'intérim). Il prétendait que renoncer à la navigation ne lui était pas une si dure épreuve.

Si la pièce tombe dans le sabot, disait Bossut Roger, il passe le brandon. S'il rate, il boit, disant : Pour faute commise, je bois. Et tout le monde : Pour faute commise frère Tortillon tu boiras. Puis relève sa chemise et dit : «Haut le bourrelet!» Au début c'est facile, mais c'est que la pièce tombe vite à côté ça paye celui qui fournit le barricot.

La fille : Et je reviens à la maison, toujours rien, je ressors, voilà que j'entends ronfler, il était sur le palier du quatrième, l'étage au-dessus, sa clé à la main, couché sur le carrelage.

Et tant que la pièce tombe pas dans le sabot, il boit. Le brandon c'est un verre-ballon dont on a cassé le pied, comme ça il en faut toujours un pour l'avoir en main, ça se joue à dix ou vingt. Ceux qui tombent on les étale, quand ils se réveillent ils reprennent la file, on n'arrête qu'à la fin de la barrique : le jeu du bourrelet c'est ça, jusqu'à midi le lendemain.

La dame au caniche : Mon pauvre amour tu seras malade demain, et Bossut Roger : Ça n'arrive qu'aux vivants.

Bien mangé bien bu. Les pompiers ne sont pas entrés dans la grande salle avec nous mais sont restés au bar, à côté. Par la fenêtre de la grande salle je les aperçois qui s'éloignent, en parlant fort. L'un d'eux s'arrête pour rire. Du vent sous le soleil, maintenant, et la rue éblouissante de pluie juste finie. Dans une heure j'ai mon train, j'ai pensé, le Vintimille-Nantes qui s'arrêtait une minute à Champ-Saint-Père, autant de kilomètres pour finir omnibus.

Samedi en huit j'ai bal, disait Daniel les yeux un peu brillants et comme resserrés. Qui donc nous donnera l'espoir, qui nous ramènerait un peu d'espoir, demanda-t-il soudain, puis s'excusant : C'est de vivre seul. Je suis musicien, insistait-il, moi pensant : lui aussi a sa dose. Musicien à la Bernegoue, mais le phare sur mon champ, au bout de mon champ la mer, il déblatérait (quelle hache pour la mer gelée au fond du crâne, quelle main invisible pour nous soutenir, continuait Daniel en regardant droit devant lui et sans même qu'ensuite on se dise au revoir) : on vit dans un monde à bout, dit-il encore.

Attestant seulement d'une vérité des paroles entendues, prononcées et restituées, comme de l'enchaînement des faits (l'enchaînement débordant des faits, et ces paroles comme amassées sans bonde, je pensais, vérifiant dans ma poche mon billet-retour : je ne savais pas qu'il me faudrait bientôt revenir ici pour vivre). Par la fenêtre j'aperçois à nouveau les pompiers, tirant vers un appentis collé à l'église leur charrette à bras, le poêle noir plié en quatre sur le brancard et les pompons au bout de leur manche posés simplement à plat, sans charge elle rebondit derrière eux. La mort jamais ne se refuse à qui vraiment l'appelle, c'est comme de passer d'une pièce à la pièce voisine. Pour le copain plus simple encore, du coin d'une chambre à l'autre. Un grand pochon de plastique, une ficelle pour le refermer, une minuscule bonbonne de camping-gaz : travail d'artisan bien fait, précis comme le coup de gouge d'un luthier — non, ne rien déformer, et laisser tel quel le grand théâtre du monde, si justement c'était cela qu'avait pensé Alain. Le café est servi et bu, il y a des taches sur la nappe, Bossut Roger explique quelque chose à l'organiste et les trois filles sont parties ensemble vers le petit couloir du fond. En se levant et reprenant son équilibre on se sent soudain si lourd, il y a des bruits de chaises et les gens se rhabillent, les manteaux sont froids et mouillés. Près de la porte un groupe, la mère est seule de service aux adieux, son mari a disparu : Et qu'il faudra revenir nous voir, et le défunt qui aurait tant aimé que (à la fin tu es las de ce monde ancien…)

DU MÊME AUTEUR

Aux Éditions Verdier

L'ENTERREMENT, 1992
TEMPS MACHINE, 1993
PRISON, 1998

Aux Éditions de Minuit

SORTIE D'USINE, 1982
LIMITE, 1985
LE CRIME DE BUZON, 1988
CALVAIRE DES CHIENS, 1990
LA FOLIE RABELAIS, 1990

COLLECTION FOLIO

Composition Interligne.
Impression Société Nouvelle Firmin-Didot
le 14 janvier 1998.
Dépôt légal : janvier 1998.
Numéro d'imprimeur : 40903.

ISBN 2-07-040318-1/Imprimé en France.